호두까기 인형

E.T.A. 호프만

일러스트
산나 아누카

생시몽 번역에서 각색
강동혁 옮김

베탄과 노아에게

크리스마스이브

길고 긴 12월 24일, 어른들은 슈탈바움 의사 선생님네 아이들에게 온종일 거실에 들어가지 말라고 했어요. 땅거미가 질 때쯤 프리츠와 마리는 방 뒤쪽에 함께 웅크리고 있었습니다. 프리츠는 잔뜩 목소리를 낮추어, 방금 옆구리에 커다란 상자를 낀 작은 남자의 그림자가 복도를 미끄러지듯 나아가는 것을 보았다고 말했어요. 하지만 사실 프리츠는 그 사람이 드로셀마이어 대부님이라는 것을 잘 알고 있었답니다. 이 말을 들은 마리는 기뻐서 작은 손으로 손뼉을 치며 소리쳤어요. "이번엔 드로셀마이어 대부님이 뭘 만들어 오셨을까?"

드로셀마이어 판사는 어느 모로 보나 잘생긴 사람은 아니었어요. 키가 작고 깡마른 데다 얼굴은 주름투성이였고 오른쪽 눈에는 커다랗고 검은 안대를 했지요. 또 대머리를 가리려고 유리섬유로 만든 멋진 흰색 가발을 쓰고 다니기도 했답니다. 그 가발은 대단하다고 할 만한 물건이었어요. 하긴 대부님 자체가 대단한 사람이었지요. 시계에 대해서든 시계를 만드는 방법에 대해서든, 알아야 할 건 뭐든지 알고 있었으니까요. 슈탈바움 선생님네 집에는 멋진 시계가 아주 많았는데, 그 중 하나라도 병이 들어 노래하지 못하면 드로셀마이어 대부님이 와서 온갖 날카로운 기구로 찔러댔습니다. 그럴 때마다 마리는 무척 불안해했지만, 시계는 다치기는커녕 다시 살아나 즐겁게 종을 치고 노래를 부르며 듣는 사람 모두의 기분을 즐겁게 해주었어요.

드로셀마이어 대부님은 슈탈바움 선생님 네 집에 올 때마다 아이들에게 줄 선물을 주머니에 넣어 가지고 왔어요. 크리스마 스이브에는 특히 대단한 물건을 가져왔지요. 너무 대단해서, 부모님은 늘 크리스마스 선물을 딴 곳에 안전하게 치워 두었답니다.

프리츠는 이번에 대부님이 가져온 선물은 멋진 병정들이 순찰하는 성일 것이라고 생각했어요. 성이 포위를 당하면 병정들이 대포를 가지고 방어에 나설 것이라면서.

"아냐, 아냐." 마리가 프리츠의 말을 끊었어요. "드로셀마이어 대부님이 나한테 멋진 정원 얘기를 하셨어. 달콤한 노래를 부르는 아름다운 백조들이 커다란 호수에 사는 그런 정원 말이야. 그렇게 백조들이 노래할 때면, 소녀가 다가와 백조들에게 마지팬(아몬드, 설탕, 달걀을 섞은 것으로, 얇게 밀어 웨딩 케이크나 크리스마스 케이크에 씌워 장식하기도 한다)을 주는 거야."

"백조는 마지팬 안 먹어." 프리츠가 코웃음을 쳤어요. "그리고 아무리 드로셀마이어 대부님이라도 정원을 통째로 만들 수는 없어. 거기다가 어차피 엄마아빠한테 빼앗길 거라면 대부님의 장난감이라고 해도 좋을 게 없지. 난 엄마아빠가 주는 선물이 훨씬 좋아. 우리가 원하는 대로 할 수 있으니까."

바로 그 순간 종이 딸랑딸랑하며 맑게 울리더니, 문이 활짝 열리고 눈부신 거실이 눈에 들어왔어요. 부모님이 문 앞으로 와 아이들의 손을 잡고 말했지요. "얘들아, 들어오렴. 와서 올 크리스마스에는 어떤 선물을 받았는지 한번 보려무나."

선물

그해에는 아이들이 아주 착하게 굴었나 봐요. 전에는 한 번도 이토록 멋진 선물을 이렇게 많이 받아 본 적이 없었거든요. 방 한가운데에는 웅장한 전나무가 금색과 은색 사과로 장식되어 있었고, 설탕에 절인 아몬드와 레몬 사탕이 새싹이나 꽃송이처럼 그 나무를 꾸며주고 있었답니다. 나무 주변에는 세상에서 가장 아름다운 선물들이 놓여 있었지요. 마리는 앙증맞은 인형들과 찻잔 세트와 온갖 조그만 장신구들을 훑어보았어요. 프리츠는 새 경기병 연대에게 곧장 다가갔고요. 빨간색과 금색 옷을 멋지게 걸치고 흰 말을 탄 모습이 정말 산뜻해 보이는 병정들이었습니다.

아이들이 막 정교한 그림이 그려진 그림책으로 관심을 돌렸을 때 딸랑딸랑하고 종이 다시 울렸어요. 드로셀마이어 대부님이 곧 선물을 공개할 것이라는 신호였죠. 그래서 아이들은 대부님의 선물이 긴 벨벳 커튼으로 가려져 있는 식탁으로 달려갔답니다. 커튼이 젖혀졌을 때는 얼마나 기뻤는지 몰라요!

꽃으로 뒤덮인 푸르고 싱싱한 잔디밭 위에 화려한 성이 서 있었습니다. 황금빛 첨탑들이 밝게 빛났고 투명한 유리창이 하나하나 반짝였어요. 성안에서는 종소리가 났고, 문과 창문들이 활짝 열리자 수십 명의 작은 남자와 여자들이 이 방 저 방을 돌아다니는 모습이 보였어요. 대연회장은 천 개의 작은 촛불로 반짝였고, 음악에 맞추어 춤을 추는 흰 드레스와 초록색 재킷 차림의 아이들도 보였답니다. 에메랄드빛 망토를 입은 남자가 이따금 창에 나타나 손을 흔들고 재빨리 다시 사라지기도 했어요. 때로는 아버지 엄지손가락만한 크기의 드로셀마이어 대부님이 직접 성문에 나타나 아이들에게 손을 흔들기도 했지요.

프리츠는 두 손으로 턱을 괴고 그 장면을 지켜보다가 말했어요. "드로셀마이어 대부님, 저 성에 들어가게 해주세요." 드로셀마이어 판사는 그렇게는 할 수 없다고 설명해 주었어요. 겨우 자기 키 정도밖에 되지 않는 성에 들어가겠다는 것은 프리츠로서도 바보 같은 말이었어요.

프리츠는 신사 숙녀와 춤추는 아이들과 창가의 에메랄드빛 남자와 문 앞의 드로셀마이어 대부님을 잠시 지켜보더니, 못 참겠다는 듯 소리쳤어요. "창가의 에메랄드빛 남자도 다른 남자들하고 같이 걸어다니게 해주세요!"

"그것도 못 해." 드로셀마이어 판사가 말했어요.

"그럼 아이들을 내려오게 해주세요. 제가 더 자세히 볼 수 있게요."

"네 부탁은 하나도 들어줄 수가 없구나." 드로셀마이어 판사가 딱 잘라 말했어요. "한번 만든 기계는 그대로 두어야 해."

"뭐 그럼, 드로셀마이어 대부님." 프리츠가 말했어요. "성 안에 있는 대부님의 작은 인형들도 별것 아니네요. 제 경기병 연대가 훨씬 나아요. 걔들은 제가 명령하면 앞뒤로 움직일 수 있거든요."

프리츠는 드로셀마이어 대부님의 작품으로부터 등을 돌렸어요. 마리도 시간이 좀 지나자 성이 지루하게 느껴지던 참이었는데, 예의가 발라서 차마 그 말은 못하고 있었지요. 그래서 이참에 슬쩍 빠져나갔답니다.

"이렇게 정교한 작품은 아무것도 모르는 어린애들한테는 맞지 않아." 드로셀마이어 판사가 화를 내며 쏘아붙였어요. "이 성은 도로 집에 가져가야겠다."

하지만 그때 어머니가 드로셀마이어 대부님에게 이 모든 것들을 작동시키는 신기한 기계를 보여 달라고 했습니다. 드로셀마이어 대부님은 성 전체를 분해했다가 다시 조립했습니다. 그러던 중에 다시 기분이 좋아진 대부님은 아이들에게 달콤한 생강빵 냄새가 나는, 얼굴이 도금된 작은 남녀 인형들을 주었어요. 프리츠와 마리는 정말 기뻤습니다.

가장 좋아하는 인형

그때 마리는 아무도 보지 못한 것을 보았어요. 식탁 뒤쪽에 작고 별난 남자가 자기 차례를 기다리듯 참을성 있게 서 있었던 거예요. 잘생긴 남자라고는 할 수 없었지요. 통통한 몸통은 가느다란 두 다리와 비율이 맞지 않았고, 머리도 다리나 몸통과 비교하면 너무 컸거든요. 하지만 훌륭한 취향을 가진 교양 있는 사람인 것만은 틀림없었어요. 아름다운 밝은 보라색 경기병 재킷에 그와 잘 어울리는 색깔의 판탈롱을 입고, 마리가 여태껏 본 것 중 가장 깔끔한 장화를 신고 있었거든요. 조금은 어색하게 보이는 나무 망토를 걸치고 나무꾼 모자도 쓰고 있었지요. 솔직히 말해 마지막 두 가지는 약간 우스꽝스러워 보였지만, 마리는 똑같이 초라한 모자와 망토를 쓰는 드로셀마이어 판사님도 자신에게는 소중한 대부님이라는 사실을 떠올렸어요. 정말이지, 오래 보면 볼수록 마리의 눈에는 작은 남자의 투명한 초록색 눈에 깃든 친절함과 다정함이 더 많이 보였답니다.

"아빠!" 마침내 마리가 소리쳤어요. "저쪽 나무 옆에 있는 근사한 작은 남자는 누구 거예요?"

"너랑 프리츠." 아버지가 말했어요. "너희를 위해서 열심히 일해 줄 거란다. 저 녀석은 세상에서 가장 단단한 호두도 이로 깨물어 깔 수 있거든."

아버지는 호두까기 인형을 조심스럽게 가져오더니 나무 망토를 들어올렸어요. 작은 남자가 입을 크게 벌리더니 두 줄로 늘어선 날카롭고 흰 치아를 드러냈지요. 마리는 아버지가 시키는 대로 작은 남자의 입에 호두를 집어넣었어요. 딱 하며 호두껍데기가 떨어져 나갔고, 마리는 맛좋은 호두알을 손에 받아들게 되었습니다.

아버지가 설명해 주었어요. "이 작은 녀석은 호두까기라는 오랜 전통을 물려받아 조상 대대로 해온 일을 한단다. 그렇게 마음에 든다니, 마리 네가 보살펴게 해주마. 프리츠도 똑같이 이 녀석을 쓸 수는 있지만 말이야."

호두까기 인형을 두 팔에 안아 든 마리는 즉시 그에게 호두 까는 일을 시켰어요. 하지만 호두까기가 입을 너무 크게 벌리지 않도록 가장 작은 호두알만을 골랐습니다. 그때 프리츠가 경기병 연대에게 싫증을 느끼고 구경하러 왔어요. 프리츠는 우스꽝스러운 작은 남자를 보고 큰 소리로 웃더니, 가장 크고 단단한 호두들을 고르기 시작했지요. 순식간에 딱 하며 호두까기 인형의 이 세 개가 빠져 버렸어요. 아래턱이 헐렁하게 흔들거렸습니다.

"가엾은 내 호두까기!" 마리는 울면서 프리츠의 두 손에서 인형을 홱 빼앗았어요.

"바보 같아." 프리츠가 말했어요. "이빨도 형편없으면서 호두를 까려고 하다니. 자기 일도 제대로 할 줄 모르잖아. 이리 줘, 마리. 이빨이 전부 뽑히더라도 나한테 호두를 까줘야겠어."

"아냐, 안 돼." 마리가 흐느꼈어요. "내 사랑하는 호두까기를 데려가지 마. 얼마나 슬프겠어!"

마리는 울면서 상처 입은 호두까기 인형을 최대한 빨리 손수건에 쌌어요. 바로 그때, 부모님이 드로셀마이어 대부님과 함께 다가왔습니다. 마리로서는 실망스럽게도 대부님은 프리츠 편을 들었어요. 하지만 슈탈바움 선생님이 말했지요. "지금 호두까기 인형에게는 지켜 줄 사람이 필요하겠구나. 마리에게 호두까기 인형에 대한 권리를 모두 주마. 프리츠가 이런 짓을 하다니 놀라운데. 훌륭한 군인이라면 임무 수행 중 부상한 사람을 계속 싸우게 해서는 안 된다는 걸 알아야지."

프리츠는 부끄러워하며 호두나 호두까기에 대해서는 더 생각하지 않고 슬쩍 자기 경기병 연대로 돌아갔어요. 마리는 호두까기 인형의 빠진 이를 주워 모으고 다친 턱을 흰색 리본으로 싸맸지요. 호두까기 인형이 너무 창백하고 겁먹은 것처럼 보여서 손수건으로 더 꼭 감싸주었습니다.

저녁 식사 시간에 드로셀마이어 대부님이 웃으며 못생긴 녀석을 왜 그토록 아끼느냐고 묻자, 마리는 평소와는 달리 뾰로통하게 굴었어요. 마리는 드로셀마이어 대부님과 호두까기 인형이 신기할 만큼 닮았다는 것을 생각하고 아주 진지하게 말했습니다. "대부님은 호두까기 인형처럼 멋진 옷을 입고 이렇게 반짝거리는 작은 장화를 신어도 이만큼 잘생겨 보이진 않을걸요!" 마리는 이 말에 부모님이 왜 그토록 크게 웃었는지, 또는 드로셀마이어 판사가 왜 얼굴을 붉히며 전의 반만큼도 웃지 못했는지 몰랐답니다.

기적 중의 기적

슈탈바움 선생님네 거실에는 높은 유리장이 하나 있었는데, 아이들은 그 안에 매년 받은 아름다운 선물을 보관했어요. 마리와 프리츠의 손이 닿지 않는 위쪽 선반에는 드로셀마이어 대부님의 신기한 장치들이 모두 보관되어 있었고, 바로 밑에는 그림책을 놓는 선반이 있었지요. 아래쪽 두 칸은 마리와 프리츠가 원하는 대로 채웠는데, 어쩌다 보니 마리의 인형들이 맨 밑 선반에 살게 되고 프리츠가 그 위 선반에 자기 군대를 주둔시키게 되었어요.

그날 저녁, 프리츠가 경기병 연대를 위 칸에 세웠을 때 마리는 아래쪽 칸의 멋진 가구들이 놓여 있는 방에서 새 인형과 함께 차를 마셨습니다. 그 방에는 정말 가구가 잘 갖추어져 있었어요. 사랑스러운 친츠(꽃무늬가 날염된 광택 나는 면직물. 커튼, 가구 커버 등으로 쓰인다) 소파와 앙증맞은 의자 몇 개, 소품이 다 구비된 차 마시는 탁자, 보송보송한 하얀 이불보가 깔린 작은 침대까지 있었지요. 새 인형 클라라 양은 그날 저녁을 꽤 편안하게 보냈습니다.

이제는 시간이 꽤 늦어 드로셀마이어 대부님도 집에 돌아간 지 오래 되었지만, 아이들은 아직 유리장을 떠나지 않고 있었어요. 어머니가 시간이 늦었으니 자러 가라고 말했는데도요.

"하긴 엄마 말도 맞아." 결국 프리츠가 말했어요. "내 가엾은 경기병들도 좀 쉬고 싶을 텐데, 내가 여기 있으면 감히 졸지도 못할 거야."

프리츠는 그렇게 말하며 자러 갔지만, 마리는 애원했어요. "조금만 더 있을게요, 엄마. 해야 할 일이 한두 가지 남았거든요. 그것만 마치면 바로 자러 갈게요."

마리는 매우 분별 있는 아이였기에, 어머니는 별로 불안해하지 않고 혼자 놓아두었어요. 하지만 마리가 새 인형에게 너무 정신이 팔려 불 끄는 것을 잊을까 봐 촛불은 하나만 남기고 모두 껐지요. 하나 남은 양초가 부드럽고 기분 좋은 빛을 드리웠습니다.

"금방 올라오렴, 아가. 안 그러면 내일 아침에 제때 일어날 수 없을 거야." 어머니가 침실로 올라가며 큰 소리로 말했어요.

마리는 혼자 남자마자 주머니에서 호두까기 인형을 꺼내 탁자에 조심스럽게 눕히고, 손수건을 가만히 푼 다음 상처를 살펴보았어요.

"호두까기 씨, 프리츠 오빠가 다치게 했다고 화내지 마세요. 오빠도 일부러 거칠게 군 건 아니에요. 군인들과 험한 생활을 하느라 마음이 조금 차가워지긴 했지만, 그것만 아니면 괜찮은 사람이거든요. 그건 확실히 말씀드릴 수 있어요. 이젠 안심하세요. 호두까기 씨가 나을 때까지 제가 아주 정성스럽게 보살펴 드릴게요. 호두까기 씨의 이는 드로셀마이어 대부님이 고쳐 주시겠지만. 대부님은 그런 일을 잘 아시거든요."

하지만 마리는 말을 채 맺지 못했어요. 드로셀마이어라는 이름을 입에 올리자마자 호두까기 인형이 얼굴을 일그러뜨리더니, 그 초록색 눈에서 불꽃이 번쩍였던 거예요. 마리는 무척 놀랐지만, 다시 보니 눈앞에 있는 것은 슬프게 미소 짓는 정직한 호두까기 인형의 얼굴이었어요. 호두까기 인형의 얼굴이 이상하게 뒤틀려 보인 것은 촛불 빛 때문인 것이 틀림없었지요. "나도 참, 바보 같기는." 마리가 중얼거렸어요. "그렇게 쉽게 놀라고, 나무로 만든 인형이 표정을 지어 보일 수 있다고 생각하다니 말이야."

마리는 호두까기 인형을 안아 들고 유리장으로 데려가 새 인형에게 말했어요. "클라라 양, 부디 친절을 베풀어 상처 입은 호두까기 씨에게 침대를 내주고, 불편하겠지만 소파를 쓰세요."

클라라 양은 위엄 있고 오만한 표정으로 아무 말도 하지 않았어요. '그럼 어떻게 하지?' 하고 마리는 생각하며 작은 호두까기 인형을 침대에 눕히고, 드레스에서 떼어낸 리본으로 그의 가엾은 어깨를 싸맨 다음 이불을 덮어 주었어요.

"심술쟁이 클라라랑 같이 두면 안 되겠어." 마리는 호두까기 인형이 들어 있는 침대를 프리츠의 경기병 연대가 있는 위 칸에 놓았어요.

마리가 막 유리장을 잠그고 침실로 올라가려는데, 갑자기 누군가 속삭이는 소리와 부스럭대는 소리가 들려왔어요. 커다란 시계가 더 시끄럽게 윙윙거렸지요. 마리가 그쪽으로 돌아서자, 맨 위에 걸터앉은 커다란 도금 올빼미가 두 날개를 늘어뜨려 시계판을 완전히 가린 게 보였어요. 시계는 더욱 큰 소리로 윙윙거리더니 이렇게 말하는 것 같았어요.

"똑딱똑딱, 똑딱똑딱. 조용히 울리렴, 시계들아. 생쥐 왕은 귀가 밝거든. 뎅뎅, 생쥐 왕에게 옛 노래를 들려주렴. 드르륵 드르륵 뎅뎅. 딩동, 작은 종이 울리면 생쥐 왕도 끝장이란다!"

마리는 두려워 벌벌 떨며 달아나려 했어요. 그때 마리는 시계 위의 올빼미가 다름 아닌 드로셀마이어 대부님이라는 것을 알아보았지요. 대부님이 코트 자락을 날개처럼 늘어뜨리고 서 있었던 거예요. 마리는 용기를 내어 소리쳤어요. "그 위에서 뭐 하시는 거예요, 드로셀마이어 대부님? 내려오세요, 겁주지 마시고요. 심술궂기도 하시지!"

바로 그때, 사방에서 날카롭게 찍찍거리는 소리와 후다닥 내달리는 발소리가 들려왔어요. 천 개의 작은 발이 움직이는 듯 이상한 소리였답니다. '타닥타닥.' 그러더니 널빤지의 갈라진 틈 사이로 아주 작은 천 개의 빛이 갑자기 나타났어요. 마리가 더 자세히 살펴보니 그것들은 불빛이 아니었어요. 눈이었지요. 사방의 구석과 구멍에서 수백, 수만 마리의 쥐들이 기어 나왔습니다. 마리는 대부분의 아이들과 달리 쥐를 겁내기는커녕 오히려 약간 재미있다고 생각했어요. 하지만 찍찍거리는 소리가 한순간에 터져 나와 등골이 오싹했어요.

마리의 발치에 있는 바닥 널빤지에서 생쥐 일곱 마리의 머리가 불쑥 튀어나왔어요. 머리는 저마다 반짝이는 왕관을 쓰고 있었지요. 그러더니 그 일곱 머리가 모두 달려 있는 생쥐 한 마리의 몸뚱이가 솟아올랐어요. 위대한 생쥐 왕이 앞으로 나서 우렁차게 찍찍거리며 자신의 군대에게 인사했어요. 병사들은 즉시 앞으로 행진하기 시작했지요. 유리장과 그 앞에 서 있던 가엾은 마리를 향해서 말이에요!

마리는 방금 전까지만 해도 심장이 너무 세차게 뛰어 몸통 바깥으로 튀어나갈지도 모른다고 생각했는데, 이제는 피가 핏줄 속에서 숨죽여 흐르는 것만 같았어요. 마리는 금방이라도 까무러칠 것처럼 뒷걸음질을 쳤죠. 그때 마리의 팔꿈치가 챙그랑하며 유리장을 쳐버렸고, 유리는 산산조각이 나 마리의 발치에 떨어졌어요. 마리는 그 순간 왼팔에 날카로운 통증을 느꼈지만, 그때 유리장 안에서 작은 목소리가 들려와 용기가 났답니다.

"일어나, 일어나, 기상이다. 무기를 준비하라. 기상! 전투다! 오늘 밤에는 기상, 기상. 전쟁터로 가자."

게다가 호두까기 인형까지 침대에서 뛰쳐나와 소리치고 있었어요.

"부숴라, 쳐부숴. 저 어리석은 것들, 생쥐들을 다 몰아내라. 저 어리석은 무리들을! 부숴라, 쳐부숴. 생쥐들을 돌려보내라. 부수고 또 부숴라, 저 어리석은 무리들을!" 이 말과 함께 호두까기는 작은 칼을 뽑아 들고 휘두르며 소리쳤어요. "사랑하는 나의 부하, 친구, 형제들이여. 내 곁에서 이 힘든 싸움을 함께하겠나?"

스카라무슈 광대 셋, 할리퀸 광대 하나, 굴뚝 청소부 넷, 기타 연주자 둘과 북 치는 사람 하나가 즉시 외쳤어요. "네, 왕자님. 저희는 충실하고 용감하게 당신을 따르겠습니다. 승리 아니면 죽음을!" 그들은 몹시 분노한 호두까기 인형의 뒤를 따라 위험을 무릅쓰고 위쪽 선반에서 뛰어내렸지요.

사실 그들에게는 이런 일도 별로 어렵지 않았답니다. 속이 솜과 짚으로 만들어져 있어서 부드러운 양털 꾸러미처럼 바닥에 내려섰기 때문이에요. 하지만 호두까기 인형은 두 팔과 두 다리가 모두 부러질 것이 틀림없었어요. 선반과 바닥은 거의

24

60센티미터나 떨어져 있었고, 호두까기의 몸은 보리수나무처럼 잘 부러지게 되어 있었으니까요. 맞아요. 호두까기가 뛰어내린 순간 클라라 양이 소파에서 벌떡 일어나 부드러운 품에 그를 받아 안지 않았더라면, 호두까기는 확실히 두 팔과 다리가 모두 부러졌을 거예요.

"아, 착한 클라라." 마리가 흐느꼈어요. "제가 정말 잘못 생각했네요! 당신은 작은 호두까기 인형에게 기꺼이 침대를 내주시려던 게 틀림없어요!"

클라라 양은 젊은 영웅을 부드러운 가슴에 더욱 꼭 끌어안으며 말했어요. "부탁드려요, 왕자님! 당신은 아픈 데다 다치기까지 했으니, 위험한 전투는 하지 마세요. 용감한 부하들이 알아서 모이는 모습만 지켜보세요. 그들은 저 소란을 기꺼이 받아들이며 승리를 확신하고 있답니다. 소파에서 쉬거나 제 품에 안겨 승리를 만끽하지 않으시겠어요?"

하지만 호두까기 인형이 세차게 몸부림치는 바람에 클라라는 그를 내려놓을 수밖에 없었어요. 호두까기 인형은 우아하게 한쪽 무릎을 꿇고 말했습니다. "아름다운 아가씨, 저는 당신의 친절을 기억하며 전쟁터로 나아가겠습니다."

 클라라는 호두까기 인형의 팔을 붙잡고 자기 옷의 띠를 풀어 그 어깨에 매주려고 했어요. 호두까기 인형은 뒤로 두 발짝 물러나 가슴에 손을 얹더니, 진심 가득한 얼굴로 말했어요. "제게 호의를 낭비하지 마십시오, 아가씨. 저는…" 호두까기는 잠시 말을 멈추고 깊이 한숨을 쉬더니, 마리의 리본을 어깨에서 풀어내 입술에 대고 전쟁터의 붕대처럼 늘어뜨렸어요. 그리고는 칼을 휘두르며 아래쪽 선반에서 바닥으로 민첩하게 뛰어내렸지요. 호두까기 인형은 마리의 친절과 사랑을 느꼈으므로, 클라라 양의 반짝이는 띠보다 그 수수한 리본을 더 매고 싶어 했던 거예요.

호두까기 인형이 뛰쳐나가자마자 찍찍거리는 소리가 다시 들려왔습니다. 커다란 탁자 아래에 그 혐오스러운 쥐들이 수천 마리씩 숨어 있었고, 탁자 위 높은 곳에는 머리 일곱 개가 달린 끔찍한 생쥐가 우뚝 서 있었어요! 그래서 어떻게 됐을까요?

전투

"전투 행진곡을 울려라, 나의 충실한 부하, 북 치는 사람이여!"
호두까기가 소리치자 북 치는 사람이 맹렬히 북을 두드리기
시작했어요. 그 바람에 유리장의 창문들이 떨렸지요. 그때 마
리는 프리츠의 병사들이 유리장에서 뛰어나와 서둘러 맨 아
래 선반에서 대형을 짜는 것을 보았습니다.

　호두까기는 할리퀸 광대를 돌아보며 진심 어린 표정으로
말했어요. "장군, 난 그대가 용감하고 노련하다는 걸 알고 있
소. 지금은 적당한 순간을 포착할 빠른 눈과 솜씨가 필요해
요. 장군에게 기병대와 궁수 전원에 대한 지휘권을 맡기겠소."

　이 말에 할리퀸 광대는 길고 가느다란 손가락을 입에 대
고 백 개의 새된 트럼펫을 한꺼번에 부는 듯한 날카로운 울음
소리를 냈어요. 유리장에서 말 울음소리와 발굽 소리가 들리
더니, 프리츠의 중기병과 용기병과 멋진 새 경기병들이 행진
해 나왔지요.

여러 연대가 호두까기 인형 앞에 연달아 길게 늘어섰어요. 먼저 쾅 하며 대포가 발사되었고, 알사탕이 쥐들의 군대를 흰 가루로 뒤덮고 질서를 무너뜨렸어요.

그런데도 쥐들은 계속 진격했고, 몇몇은 대포를 맞고도 무너지지 않았어요. 하지만 이때쯤에는 연기도 먼지도 너무 많아서, 마리의 눈에는 무슨 일이 일어나는 것인지 거의 보이지 않았답니다. 분명한 것은 전투가 격렬해졌다는 것, 승자가 누구인지 분간이 가지 않는다는 것뿐이었어요.

소란을 뚫고 클라라 양이 외치는 소리가 들렸어요. 클라라 양은 잔뜩 당황해 이리저리 뛰어다니며 울부짖었지요. "내가 꽃다운 젊은 나이에 이렇게 죽어야 하나?"

쥐들의 숫자는 점점 불어났어요. 녀석들이 쏜 총이 유리장에 쏟아져 내렸지요. 호두까기 인형은 프리츠의 경기병 대열을 넘어 성큼성큼 걸어가며 꼭 필요한 명령을 내리고 격려를 했어요. 하지만 할리퀸 광대가 기병대를 훌륭하게 이끄는 동안에도 경기병 연대는 적의 끔찍한 총질에 기가 질렸는지 전진을 멈추었습니다. 할리퀸 광대는 그들에게 왼쪽으로 물러나라고 명령하더니, 정열적으로 지휘하다가 직접 앞장서서 움직였어요. 기병대 전체가 그를 뒤따랐지요. 그렇게 그들은 모두 집으로 향했습니다. 그 바람에 대포 몇 문이 매우 못생긴 쥐들에게 둘러싸이게 됐고, 그들은 대포마저 잃고 말았어요.

이제는 호두까기 인형이야말로 가장 큰 위험에 빠져 있었습니다. 적에게 완전히 둘러싸여 있었으니까요. 호두까기는 선반 모서리를 뛰어넘어 안전한 유리장 안으로 들어가려 했지만, 다리가 너무 짧았어요. 클라라 양은 놀라 기절해 있었으므로 호두까기를 도울 수 없었지요. 그때 쥐 두 마리가 호두까기의 나무 망토를 붙잡았습니다. 생쥐 왕의 일곱 머리가 모두 찍찍거리며 의기양양하게 호두까기 인형에게 뛰어오르자, 마리는 더 이상 참을 수가 없었어요. "아, 가엾은 내 호두까기 인형!" 마리는 흐느끼다가, 자기가 무슨 일을 하는지도 정확히 모르는 채 왼쪽 신발을 벗어들고 온 힘을 다해 그 소란통의 생쥐 왕에게 냅다 집어던졌어요. 쥐들은 순식간에 흩어졌지만, 마리는 왼팔이 더 아파서 정신을 잃은 채 바닥에 쓰러지고 말았습니다.

병

눈을 떠 보니 마리는 자기 침대에 누워 있었어요. 해가 환히 빛나며 얼음이 낀 창문 너머로 반짝이고 있었답니다. 곁에는 낯선 사람이 앉아 있었는데, 마리는 곧 그 사람이 외과 의사인 벤델슈테른 선생님이라는 것을 알아보았어요.

벤델슈테른 선생님이 조용히 말했어요. "깨어났습니다!" 어머니가 침대 곁으로 다가와 걱정스럽게 마리를 바라보았어요.

"쥐들은 다 사라졌어요, 엄마?" 어린 마리가 혀 짧은 소리를 냈어요. "호두까기 인형은 안전하고요?"

"그런 소리 마." 어머니가 대답했어요. "마리, 너 때문에 얼마나 걱정했는지 아니? 넌 어젯밤 아주 늦게까지 놀았어. 그러다가 아마 졸렸던 모양이야. 그때 쥐 한 마리가 달려들어서 너를 놀라게 했나 봐. 아무튼 넌 뒤로 넘어져서 팔꿈치를 유리에 부딪쳤고, 심하게 팔을 다쳤단다. 이웃에 사는 벤델슈테른 선생님이 방금 네 팔에서 유리 조각을 빼내 주셨는데, 혈관이 찢어졌다면 피를 너무 많이 흘려 죽었을지도 모른다고 하셨어. 엄마가 한밤중에 깨서 네가 침대에 없는 걸 봤으니 망정이지. 엄만 널 장난감 장 앞에서 발견했단다. 넌 피를 흥건하게 흘리면서 프리츠의 병정들과 깨진 사기그릇 인형들과 네 신발 한 짝에 둘러싸여 있었어."

"하지만 엄마." 마리가 끼어들었어요. "그건 인형들과 쥐들이 벌인 끔찍한 전투의 흔적이에요. 쥐들이 호두까기 인형을 포로로 잡아가려고 해서 제가 신발을 던졌거든요."

벤델슈테른 선생님은 어머니에게 눈짓을 했고, 어머니는 마리에게 조용히 말했습니다. "아무튼 지금은 그런 건 신경 쓰지 마라, 아가. 쥐들은 다 사라졌고 작은 호두까기 인형은 유리장에 안전하게 들어 있어." 그때 아버지가 방에 들어와 벤델슈테른 선생님과 잠시 이야기를 나누더니, 마리의 맥박을 짚어 보았어요. 아버지는 열이 난다면서 며칠 동안은 마리가 침대에만 있어야 한다고 말했어요. 마리는 팔이 약간 아플 뿐 아무렇지도 않았지만 아버지의 말대로 했어요. 가끔은 마리를 부르는 호두까기 인형의 목소리가 들리는 것만 같았지요. "당신에게 큰 빚을 졌습니다, 사랑하는 마리. 하지만 지금도 당신의 도움이 필요해요." 마리는 그게 무슨 도움일지 상상도 가지 않았어요.

마리는 다친 팔 때문에 제대로 놀 수도 없었고, 책을 읽으려 해도 이상하게 눈이 부셔 그만둘 수밖에 없었어요. 그 며칠은 끝나지 않을 것만 같았고, 마리는 어머니가 와서 이야기를 들려주는 저녁이 되기만을 조바심하며 기다렸답니다.

어느 날 저녁 어머니가 막 이야기를 마쳤을 때, 문이 열리더니 드로셀마이어 대부님이 들어왔어요. 마리는 갈색 코트를 입은 대부님을 보자 며칠 전 밤의 전투가 떠올라 소리쳤지요. "아, 드로셀마이어 대부님, 정말 너무하셨어요. 저는 대부님이 시계를 덮는 걸 봤어요. 쥐들이 큰 종소리에 겁먹고 쫓겨나지 않도록 그렇게 하신 거죠! 왜 가엾은 호두까기 인형과 절 도우러 오지 않으셨나요?"

어머니는 깜짝 놀라 말했어요. "너 대체 왜 그러니, 마리?"

하지만 드로셀마이어 대부님은 이상한 표정을 지어 보이더니, 귀에 거슬리는 단조로운 목소리로 말했어요. "시계추는 움직여야지. 이쪽으로, 저쪽으로. 시계는 종을 치겠지. 온종일 째깍거리는 게 지겨워지면 말이야. 땡그랑, 땡그랑, 쾅, 쾅. 생쥐 왕이 겁먹고 쫓겨날 때까지."

마리는 드로셀마이어 대부님을 빤히 바라보았어요. 대부님은 평소보다 훨씬 더 못생겨 보였고, 오른팔을 꼭두각시 인형처럼 앞뒤로 움직였지요. 어머니가 곁에 없었거나 프리츠가 슬쩍 들어와 웃으며 방해하지 않았더라면, 마리는 대부님이 무서웠을 거예요. 프리츠가 외쳤습니다. "하하! 드로셀마이어 대부님, 오늘 정말 이상하시네요!"

하지만 어머니는 심각하게 말했어요. "판사님, 이상한 장난을 하시네요. 무슨 뜻으로 그러시는 거예요?"

"이거 참." 드로셀마이어 대부님이 웃으며 대답했어요. "제가 지은 시계공의 노래를 못 들어 보셨나요? 저는 마리 같은 환자들에게 늘 이 노래를 불러 준답니다." 그는 마리의 침대 곁으로 의자를 당겨 앉으며 말했어요. "내가 생쥐 왕의 눈 열네 개를 뽑아 버리지 않았다고 화를 내지는 마라. 그런 일은 할 수가 없으니까. 대신 깜짝 선물을 가져왔어. 아마 네 마음에도 들 거다." 드로셀마이어 대부님은 주머니에서 천천히 무엇인가를 꺼냈어요. 치아와 아래턱이 모두 수리된 호두까기 인형이었지요.

마리는 기뻐서 소리를 질렀고, 어머니는 말했어요. "이것 보렴, 마리. 드로셀마이어 대부님은 호두까기 인형을 정말 아끼신단다."

"하지만 이것만큼은 너도 인정해야 한다, 마리." 드로셀마이어 판사가 말했어요. "호두까기 인형이 잘생긴 녀석이라고 하기는 어렵다는 것 말이야. 네가 듣고 싶다면, 이 못생긴 모습이 어쩌다가 가족 모두에게 전해져 내려오게 되었는지 이야기해 주마. 혹시 피를리파트 공주와 마우제링크스 부인과 솜씨 좋은 시계공 이야기를 알고 있니?"

"그런데 드로셀마이어 대부님." 프리츠가 끼어들었어요. "호두까기 인형의 이와 턱은 고쳐주셨지만, 칼은 어디로 간 거예요? 왜 칼은 채워주지 않으셨어요?"

"넌 끼어들지 않으면 못 배기는 거냐?" 드로셀마이어 판사는 화가 나서 대답했어요. "나는 호두까기 인형의 상처를 치료해 주었다. 칼을 찾는 건 그 녀석 몫이야." 드로셀마이어 판사는 마리를 돌아보았어요. "얘기해 보렴. 피를리파트 공주 이야기를 들어 본 적이 있니?"

"평소에 자주 하시는 그런 무서운 이야기는 아니었으면 좋겠네요, 판사님." 어머니가 말했어요.

"절대 아닙니다, 부인." 드로셀마이어가 대답했지요. "오히려 재미있고 즐거운 이야기예요."

"해주세요, 해주세요, 대부님!" 아이들이 외치자 판사는 이야기를 시작했어요.

단단한 호두 이야기

피를리파트의 어머니는 왕의 아내, 그러니까 왕비였어. 피를리파트는 태어나자마자 공주가 됐지. 왕은 요람에 들어 있는 딸을 보고 기뻐서 미쳐 버릴 것만 같은 마음에 소리쳤단다. "우리 피를리파트보다 아름다운 사람은 이 세상에 또 없을 거야!" 정말이지, 피를리파트처럼 사랑스러운 아이는 처음이었단다. 두 뺨은 장미처럼 발그레하고 얼굴은 백합처럼 흰 데다, 두 눈은 하늘색으로 반짝이고, 머리카락은 세상에서 가장 아름다운 금발 곱슬머리였지. 게다가 피를리파트는 태어날 때부터 진주처럼 흰 이가 나 있었단다. 피를리파트는 법무대신이 너무 가까이에서 자기 생김새를 살펴보자, 바로 그 이로 법무대신을 물었어. 왕국 전체가 그토록 영리하고 성질이 사나운 공주를 보고 기뻐했단다.

오직 왕비만이 편치 않은 마음으로 요람 곁에서 많은 시간을 보냈어. 왕비가 왜 병사들에게 아기방으로 들어가는 문을 지키라고 하는지, 왜 유모 두 명은 물론 하녀 여섯 명에게도 밤마다 공주 곁을 지키라고 했는지 아무도 알 수 없었지. 하지만 이상한 것은, 이 하녀들이 모두 공주를 지켜보는 내내 무릎에 가르랑거리는 고양이를 앉혀놓으라는 명령을 받았다는 거야. 아무도 왕비가 이상한 행동을 하는 이유를 몰랐어. 하지만 나는 알고 있었단다, 얘들아. 그러니까 내가 설명해 줄게.

꽤 오래 전에 일어난 일이야. 위대한 왕과 훌륭한 왕자 여러 명이 피를리파트 아버지의 궁정에 모여들었단다. 멋진 행사였어. 왕은 자기에게 금도 은도 부족하지 않다는 것을 보여줄 작정으로 손님들에게 어마어마한 잔치를 베풀기로 했지. 주방 감독관에게서 지금이야말로 가축을 도살할 때라는 이야기를 들은 왕은 소시지 잔치를 벌이면 이 행사에 딱 어울리겠다고 생각했단다. "당신도 알겠지만, 여보." 왕은 왕비에게 다정하게 말했어. "나는 소시지를 무척 좋아한다오."

왕비는 소시지 만드는 일을 직접 맡아야 한다는 것을 곧바로 알아차렸어. 예전에도 자주 그랬거든. 왕비는 재무대신에게 소시지를 끓이는 커다란 금솥과 은으로 된 식칼 여러 자루를 주방으로 보내라고 명령했어. 백단나무로 큰불이 지펴지자 여왕은 다마스크 앞치마를 걸쳤고, 머잖아 솥에서는 소시지 고기의 향긋한 냄새가 나기 시작했지.

이제는 지방 덩어리를 작은 조각으로 썰어 은으로 된 스튜 냄비에 넣고 갈색이 되도록 은근히 굽는 중요한 순간이 됐어. 왕비는 시녀들에게 주방을 떠나라고 명령했단다. 혼자 이 일을 해냄으로써 남편에 대한 헌신적인 사랑을 보여주려던 거야. 하지만 지방이 지글지글 익기 시작하자마자 아주 작은 목소리가 들려왔어.

"기름을 조금만 나눠 줘요, 언니. 나도 잔치에 참여하고 싶거든요. 나도 여왕이니까."

왕비는 이 목소리가 다름 아닌 쥐 마우제링크스 부인의 목소리라는 것을 아주 잘 알고 있었어. 마우제링크스 부인은 지금까지 오랫동안 궁전에 살면서 자기가 왕의 가족과 친척이라는 주장을 해 왔지. 마우살리아라는 왕국의 왕비라고도 했어. 마우살리아의 궁정은 화로 밑에 있다면서 말이야.

왕비는 친절한 사람이었어. 마우제링크스 부인을 진정한 여왕이자 자매로 인정하는 것은 별로 내키지 않았지만, 오늘처럼 멋진 날에는 마우제링크스 부인에게도 잔치 음식쯤은 기꺼이 나누어줄 생각이었지. 그래서 왕비는 이렇게 대답했단다. "기름 조금쯤이야 얼마든지 줄게요, 마우제링크스 부인."

이 말에 마우제링크스 부인은 펄쩍 뛰어 화로에 올라오더니 왕비가 내민 기름 덩어리를 작은 앞발로 채갔어. 그런데 그때 마우제링크스 부인의 사촌, 이모, 고모들이 모두 음식을 나누어 먹으려고 달려 나왔어. 마침내는 마우제링크스 부인의 일곱 아들까지 나타났지. 이들은 너무도 무례하고 제멋대로여서 기름 덩어리 위로 마구 뛰어다녔지만, 왕비는 겁에 질려 그들을 쫓아내지 못했어. 다행히도 바로 그 순간 가장 높은 시녀가 들어와서 침입한 손님들을 쫓아냈단다. 그래서 기름 덩어리가 조금은 남게 된 거야. 왕의 수학자가 호출되어, 현명하게 나누기만 한다면 남은 소시지 전부를 양념할 수 있을 만큼 기름이 남았다는 계산을 해냈어.

그때 북소리와 트럼펫 소리가 잔치 시작을 알렸단다. 왕은 소시지를 기대하는 마음에 입이 귀에 걸리도록 활짝 웃으며 상석에 앉아 있었어. 첫 코스로 소시지 볼 요리가 나왔는데, 먹을 때마다 왕의 얼굴이 창백해지면서 때때로 한숨을 쉬는 거야. 긴 소시지로 이루어진 두 번째 코스 때에는, 왕이 왕좌에 털썩 주저앉더니 두 손에 얼굴을 묻고 흐느끼면서 신음했지.

모두 깜짝 놀라 식탁에서 일어났고 왕실의 의사가 호출되었어. 마침내 왕이 조금 정신을 차리는가 싶더니, 거의 들리지도 않는 목소리로 속삭였단다. "기름이 너무 적구나!"

왕비가 절망에 빠져 왕의 발치에 몸을 던지며 흐느꼈어. "아, 가엾은 나의 남편! 아아! 마우제링크스 부인과 그녀의 일곱 아들과 이모, 고모, 사촌들이 기름을 먹어 버려서…"

"어쩌다 그런 일이 벌어진 거요?" 왕은 왕비의 말을 끊고 화가 머리끝까지 나서 벌떡 일어났단다.

이야기를 다 들은 왕은 자신의 소시지 기름을 모두 먹어 버린 마우제링크스 부인의 가족에게 복수하기로 결심했어.

추밀원이 소집되어 마우제링크스 부인을 재판에 부치고 그녀의 모든 토지를 몰수할 것을 의결했어. 하지만 왕은 그러는 중에 마우제링크스 부인이 자기 기름을 더 먹어 버릴지 몰라 왕실의 시계공이자 기계공을 불렀어.

시계공의 이름은 크리스티안 엘리어스 드로셀마이어였단다. 나랑 같지. 그는 마우제링크스 부인과 그녀의 가족을 궁전에서 영원히 몰아낼 비범한 계획을 가지고 왔어. 그는 몇 가지 신기하고 작은 기계들을 발명해 냈는데, 그 기계들 안에는 구운 지방 덩어리가 실에 매달려 들어 있었어. 드로셀마이어는 그것들을 마우제링크스 부인이 사는 곳 근처에 놓아두었단다.

마우제링크스 부인은 그런 속임수에 넘어가기에는 지나치게 머리가 좋았지만, 단단히 경고를 했는데도 아들들과 수많은 사촌, 이모, 고모들이 드로셀마이어의 덫 안으로 들어갔어. 기름 덩어리를 낚아채려고 하자 쇠창살이 등 뒤로 떨어져 그들을 가두었단다. 그들은 주방으로 호송되어 학살당했어. 마우제링크스 부인은 얼마 남지 않은 가족들과 함께 도망쳤지.

온 나라가 기뻐했단다. 왕비만이 불안했어. 마우제링크스 부인이 아들들의 죽음에 복수하지 않을 리 없다고 믿었기 때문이야. 왕비가 또 한 번 주방에서 남편이 가장 좋아하는 요리를 준비하고 있던 어느 날, 마우제링크스 부인이 그녀의 눈앞에 나타났어. "내 아들들과 사촌, 이모, 고모가 죽었어." 마우제링크스 부인이 말했어. "쥐의 여왕이 네 어린 공주를 물어 반토막 내지 않도록 조심하라고, 왕비." 마우제링크스 부인은 이 말과 함께 모습을 감추었고, 왕비는 너무 겁이 나서 고기를 불에 떨어뜨렸어. 마우제링크스 부인은 그렇게 왕이 가장 좋아하는 요리를 두 번째로 망쳐 버린 거야.

"오늘은 여기까지 해야겠구나, 얘들아." 드로셀마이어가 말했어요. "다른 날 밤에 계속 얘기해 주마."

드로셀마이어 판사가 떠날 때 프리츠가 소리쳤지요. "정말로 쥐덫을 직접 발명하셨어요, 드로셀마이어 대부님?"

판사는 신비롭게 미소 짓더니 말했답니다. "난 솜씨 좋은 시계공이야. 그런데 쥐덫 하나 발명하지 못하겠니?"

"너희들도 이제는 알겠지, 얘들아." 다음 날 저녁, 드로셀마이어 판사가 입을 열었어요. "왕비가 왜 그렇게까지 조심스럽게 피를리파트 공주를 지켰는지 말이야."

드로셀마이어의 기계만으로는 교활한 마우제링크스 부인을 막을 수 없었어. 하지만 왕실 천문학자가 나서서, 야옹 남작 가문이라면 마우제링크스 부인을 요람에 접근하지 못하게 막을 수 있을 것이라고 선언했단다. 그래서 공주의 시녀들이 모두 고양이를 한 마리씩 무릎에 앉혀놓아야 했던 거야.

어느 늦은 밤, 수석 유모 두 명이 깊이 잠들었다가 깜짝 놀라 깼어. 주변 모든 사람이 조용히 잠들어 있고 고양이들조차 더는 가르랑거리지 않고 있었단다. 그러니 눈앞에 커다랗고 무시무시한 쥐가 있는 것을 보고 얼마나 무서웠겠니? 쥐는 뒷다리로 일어서서 그 못생긴 머리를 공주의 얼굴에 대고 있었어. 유모들은 소리를 지르며 벌떡 일어났단다. 모두가 깨어났지만, 마우제링크스 부인은—피를리파트의 요람 곁에 있던 그 커다란 쥐가 마우제링크스 부인이었거든—순식간에 방구석으로 달려갔어. 고양이들이 펄쩍 뛰어 그 뒤를 쫓았지만 너무 늦었지. 마우제링크스 부인은 바닥의 구멍 속으로 사라졌단다.

어린 피를리파트가 그 소리를 듣고 깨어나 울었어. "하느님, 감사합니다." 모두 소리쳤지. "살아 계시네!"

하지만 얼마나 무시무시한 일인지! 피를리파트를 보자 다들 그 아름다운 아이가 어떻게 변해 버렸는지 알게 되었어. 쭈그러든 피를리파트의 몸 위쪽에는 커다랗고 못생긴 머리가 붙어 있었고, 하늘색 두 눈은 멍한 초록색 눈으로 변해 버린 데다, 그 작은 입은 한쪽 귀에서 다른 쪽 귀까지 쭉 늘어나 버렸단다.

 왕비는 슬퍼서 죽을 지경이 되었고, 왕은 자꾸 벽에 머리를 부딪치며 "아, 나처럼 불행한 왕이 또 있을까!"라고 외쳐댔지. 그 바람에 왕의 서재에는 두꺼운 태피스트리를 둘러놓아야만 했어.

지금쯤은 왕도 기름 없이 소시지를 먹고, 마우제링크스 부인과 그녀의 가족들은 화로 밑에 가만히 놓아두었으면 얼마나 좋았을지 알게 되었을지도 몰라. 하지만 그러는 대신 왕은 궁정 시계공인 뉘른베르크의 크리스티안 엘리어스 드로셀마이어만 탓했단다.

왕은 드로셀마이어를 불러, 피를리파트 공주를 4주 안에 예전 모습으로 돌려놓지 못하면 사형집행인의 도끼 아래 부끄러운 죽음을 맞게 될 것이라고 으름장을 놓았어. 드로셀마이어는 겁에 질렸지만, 자기 솜씨와 행운을 단단히 믿고 있었으므로 즉시 피를리파트 공주를 분해하기 시작했단다. 그는 뛰어난 손재주로 피를리파트 공주의 작은 손발 나사를 풀어내고 그 안쪽을 조심스럽게 살폈어. 하지만 이를 어쩌나? 드로셀마이어는 공주가 자라면서 점점 더 못생겨질 것임을 알게 되었고, 어떻게 해야 할지 알 수 없었단다. 그는 조심스럽게 공주를 다시 조립한 다음, 절망에 빠져 그녀의 요람 옆에 주저앉았어.

넷째 주가 시작되었을 때, 왕이 이글거리는 눈으로 들여다보더니 소리쳤어. "크리스티안 엘리어스 드로셀마이어, 공주를 고치지 않으면 죽이겠다." 드로셀마이어는 흐느끼기 시작했지만, 피를리파트 공주는 햇살처럼 행복하게 누워 호두를 깠단다.

그때 문득 피를리파트가 호두를 너무 좋아한다는 것이 시계공에게 특이한 일로 느껴졌어. 이 세상에 태어날 때부터 이가 나 있었다는 사실도 말이야.

변신한 직후부터 피를리파트는 끊임없이 울다가, 우연히 호두 하나를 보자마자 그것을 입에 넣더니 껍질을 까고 알맹이를 먹고 나서 조용해졌단다. 그때부터 공주의 유모들은 늘 호두가 떨어지는 일이 없도록 했지.

"아, 자연의 신성한 본능이여!" 크리스티안 엘리어스 드로셀마이어가 외쳤어. "제게 이 수수께끼의 문을 가리켜 보이시는군요. 그 문을 두드리면 열리리다."

그는 즉시 왕에게 왕실 천문학자와 이야기하게 해달라고 빌었고, 경비병이 그를 천문학자의 집으로 안내해 주었단다. 그들은 눈물을 흘리며 서로를 끌어안았지. 둘은 따뜻한 친구 사이였거든. 그런 다음, 둘은 자기들끼리만 방으로 물러나 본능과 연민, 반감, 그 외의 신비로운 것들에 관한 수많은 책을 살폈어.

밤이 다가왔어. 천문학자는 별들을 올려다보고 피를리파트 공주의 별점을 준비했단다. 선들이 점점 더 복잡해졌기 때문에 엄청나게 어려운 일이었지만, 결국—얼마나 기쁜 일이니!—피를리파트 공주가 마법에서 풀려나려면 크라카툭 호두의 알맹이를 먹어야만 한다는 것이 분명해졌어.

45

크라카툭 호두는 껍데기가 너무 단단해서, 대포가 밟고 지나가도 깨지지 않았어. 이 단단한 호두는 한 번도 면도해 본 적이 없고 장화를 신어 본 적이 없는 남자가 공주 앞에서 이로 까주어야만 했지. 게다가 그 젊은이는 눈을 감고 알맹이를 건네준 다음, 비틀거리지 않고 뒤로 일곱 걸음을 걸어간 뒤 눈을 떠야 했어.

일요일 오후, 왕이 저녁을 먹으려고 앉아 있는데 월요일 이른 아침에 목이 날아갈 예정이던 시계공이 기뻐하며 달려들어와 피를리파트 공주의 잃어버린 미모를 돌려놓을 방법을 찾아냈다고 말했단다.

왕은 그를 끌어안고 다이아몬드 칼 한 자루와 훈장 네 개, 일요일에 입을 새 정장 두 벌을 주겠다고 약속했어.

"저녁을 먹은 뒤 바로 확인하세나, 사랑하는 시계공이여." 왕이 덧붙였지. "단화를 신은, 수염을 깎지 않은 젊은이가 크라카툭 호두를 깔 준비가 되어 있는지 말이야. 그리고 그 젊은이가 일을 마치기 전에 와인을 마시지 않도록 주의하게. 뒤로 일곱 걸음을 걷다가 비틀거릴지도 모르니까. 그런 다음에는 술고래처럼 마셔대도 좋아."

드로셀마이어는 이 말을 듣고 대단히 놀랐고, 한참 말을 더듬은 다음에야 크라카툭 호두와 그 호두를 깰 젊은이는 이제부터 찾아봐야 한다고 말했어. 그 둘 중 하나라도 발견될지 모른다는 말도 했고.

왕은 왕관을 쓴 머리 주변으로 왕홀을 휘두르더니 사자 같은 목소리로 울부짖었어. "그럼 네놈 머리는 없는 거다!"

드로셀마이어한테 다행이었던 것은, 저녁 식사가 평소보다 나아서 왕이 이성의 목소리에 귀를 기울일 수 있는 상태였다는 거야. 시계공의 험난한 운명에 마음이 움직인 착한 왕비가 자신의 영향력을 발휘해 왕을 진정시켰어. 왕은 결국 시계공이 왕실 천문학자를 데리고 즉시 궁정을 떠나되, 주머니에 크라카툭 호두를 잔뜩 넣어 가지고 오지 않는 한 돌아오지 못하게 하자는 제안에 동의했단다. 그리고 모든 신문에 광고를 내서 호두까기를 찾아보라고 했지.

드로셀마이어 판사는 다시 말을 멈추고, 나머지 이야기는 다음 날 저녁에 해주겠다고 약속했어요.

단단한 호두 이야기, 결말

다음 날 저녁, 촛불이 켜지자마자 드로셀마이어 대부님이 나타나 이야기를 계속했어요.

드로셀마이어와 천문학자는 크라카툭 호두는 보지도 못한 채 15년째 여행하고 있었단다.

아시아의 커다란 숲 한가운데에서, 드로셀마이어는 마침내 낙담해 주저앉았어. 갑자기 사랑하는 고향 도시 뉘른베르크를 간절하게 보고 싶어진 거야. "아, 사랑스러운 도시여." 그가 소리쳤어. "그곳에는 아름다운 집과 창문들이 아주 많았는데!"

드로셀마이어가 슬퍼하자 천문학자는 동정하는 마음에 가련하게도 울부짖기 시작했어. 그는 곧 자세를 가다듬고 눈물을 닦아낸 뒤 말했지. "존경하는 나의 동료여, 왜 여기 앉아서 소리치는가? 뉘른베르크로 가면 안 될 건 또 뭔가? 우리를 비참하게 만드는 그 크라카툭을 어디에서 찾든 상관없는 것 아닌가?"

"그건 그래." 드로셀마이어가 큰 위로를 받아 대답했어. 둘은 곧 뉘른베르크로 갔지.

뉘른베르크에 도착하자마자 드로셀마이어는 오랜 세월 보지 못한 형에게 갔어. 형은 인형 제작자이자 도금공인 크리스토퍼 재커라이어스 드로셀마이어였지. 시계공은 형에게 피를리파트 공주의 이야기를 다 들려주었어. 형은 놀라서 손뼉을 쳤단다.

그런 다음, 드로셀마이어는 여행 이야기를 들려주었어. 대추야자의 왕과 2년을 보낸 이야기며 아몬드 공주에게 냉대를 당한 이야기, 다람쥐베르크의 자연학회에서 정보를 구한 이야기를 전했지. 다시 말하면, 크라카툭 호두에 관한 가장 작은 단서라도 찾으려던 노력이 모두 물거품이 되었다는 이야기였어.

이 이야기를 하는 동안 크리스토퍼 재커라이어스는 자주 손가락을 꺾고 윙크를 하고 혀를 차더니 외쳤어. "아하… 흠!… 꼭 그래야만 한다면!…"

마침내 그는 동생의 목을 감싸며 소리쳤지. "동생아, 동생아, 너는 살았어! 내가 뭘 대단히 잘못 알고 있는 게 아니라면, 바로 내가 그 호두를 가지고 있으니까!" 그는 주머니에서 작은 상자를 꺼내고, 그 상자에서 적당한 크기의 도금된 호두를 꺼냈단다. "보렴." 그가 말했어. "여러 해 전 크리스마스에 어떤 낯선 사람이 호두가 가득 든 자루를 팔겠다고 가져온 적이 있단다. 그 사람이 내 가게 앞을 지나가다가, 이 도시의 호두 파는 사람과 시비가 붙어 제대로 싸워 보겠다고 자루를 내려놓았지. 바로 그때 묵직한 짐을 실은 마차가 호두 위를 곧장 지나갔어. 그 바람에 이것 하나를 빼고는 호두가 전부 깨져 버렸단다. 낯선 사람은 묘한 미소를 지으면서, 1720년에 발행된 지폐 한 장을 가지고 있다면 그 호두를 팔겠다고 했어. 난 이상한 일이라고 생각했지만, 주머니에서 마침 딱 1720년에 발행된 지폐가 나오기에 호두를 사서 금을 입혔단다. 내가 왜 그 호두를 샀는지, 왜 그걸 그렇게 중요하게 여겼는지도 모르고 말이야."

그 호두가 정말 오랫동안 찾아 헤맨 크라카툭 호두인지에 관한 의혹은 천문학자를 불러오자마자 사라졌단다. 그 사람이 금을 조심스럽게 벗겨내고 껍데기에 새겨져 있는 '크라카툭'이라는 단어를 찾아냈거든. 여행자들의 기쁨은 끝이 없었고, 형은 태양 아래 가장 행복한 사람이 됐지. 드로셀마이어가 형에게, 남은 평생 상당한 연금을 받게 될 테니 부자가 되었다고 말했거든.

천문학자는 취침 모자를 쓰고, 시계공과 함께 잠자리에 들기 전에 말했어. "훌륭한 나의 동료여, 행운은 결코 혼자 찾아오는 법이 없다네. 내 말을 명심하게나. 우리는 크라카툭 호두만 찾은 게 아니라 그 호두를 깔 젊은이도 찾은 거야. 자네 형의 아들 말일세. 도무지 잠이 오지 않는군. 그래, 바로 오늘 밤에 그 젊은이의 별점을 쳐봐야겠어." 이 말과 함께 그는 취침모자를 벗어 던지고 별을 관찰하기 시작했단다.

형의 아들은 정말이지 잘생긴 젊은이였는데, 한 번도 수염을 깎거나 장화를 신어 본 적이 없었지. 크리스마스 때면 그는 테두리가 금색으로 장식된 멋진 빨간색 코트에 칼을 차고, 옆구리에는 모자와 곱슬머리 가발을 끼고 다녔어. 이렇게 멋진 옷을 입고 아버지의 가게 앞에 서서 용감한 모습을 과시하느라 어린 소녀들에게 호두를 까주었지. 그래서 그 청년이 '호두까기'라고 불렸던 거야.

다음 날 아침, 천문학자는 기뻐하며 말했어. "맞아. 우리가 그 사람을 찾았네. 그 사람을 찾았어! 하지만 먼저 해야 할 일이 두 가지 있다네. 일단은 튼튼한 나무 장대를 엮은 다음 자네 조카의 아래턱에 연결해야 해. 그걸로 아래턱을 세게 움직일 수 있도록 말이지. 또 왕의 궁전에 도착하면, 크라카툭 호두를 깔 젊은이를 데려왔다는 걸 아무도 알아차리지 못하게 해야 한다네. 젊은이의 별점을 봤는데, 왕은 수많은 청년이 이를 부러뜨리고도 아무 소득을 얻지 못한 다음에야 호두를 까서 공주의 잃어버린 미모를 되찾아줄 사람에게 공주와 왕위 계승권을 보상으로 주겠다고 약속한다는군." 형인 인형 제작자는 자기 아들이 피를리파트 공주와 결혼해 왕의 사위가 될지도 모른다는 생각에 기뻐하며, 아들을 두 여행자의 손에 완전히 맡겼단다.

드로셀마이어가 젊은이에게 묶은 장대는 아주 잘 작동했지. 따라서 조카는 세상에서 가장 단단한 복숭아씨조차 깔 수 있게 되었어.

드로셀마이어와 천문학자는 즉시 크라카툭 호두를 찾았다는 소식을 궁전에 보냈지. 그러자 곧 공고가 나붙었어. 여행자들이 도착했을 때쯤에는 튼튼한 자기 치아를 믿고 공주에게 걸린 마법을 풀어주는 임무를 기꺼이 맡겠다는 수많은 잘생긴 청년들이 나타난 뒤였지.

여행자들은 공주를 다시 보고 겁에 질렸어. 손발이 아주 작은 공주의 몸은 커다랗고 보기 흉한 머리를 거의 받치지 못했고, 공주는 아래턱 전체에 번진 흰 목화솜 같은 턱수염 때문에 얼굴도 더 못생겨 보였거든.

모든 것이 천문학자가 별점으로 읽어낸 바와 같았지. 단화를 신은 젊은이들이 이와 아래턱이 아플 때까지 줄지어 크라카툭 호두를 깨물고는, 기절할 지경이 되자 "저 호두는 참 단단하구나."라고 한숨을 쉬며 끌려나갔어.

젊은 드로셀마이어는 왕에게 자기가 한번 해볼 테니 허락해 달라고 했지. 지금까지 어린 피를리파트 공주를 젊은 드로셀마이어만큼 매료시킨 사람은 아무도 없었어. 피를리파트 공주는 작은 손을 가슴에 올려놓고 한숨을 쉬었지. "저 사람이 크라카툭 호두를 까고 내 남편이 되었으면 좋겠어!" 젊은 드로셀마이어는 왕과 왕비에게, 또 피를리파트 공주에게 우아하게 경례한 다음 크라카툭 호두를 받아 망설임 없이 이 사이에 넣고 장대를 아주 세게 잡아당겼어. 딱 하며 호두껍데기가 여러 조각으로 깨졌지. 그는 허리를 낮게 숙여 인사하면서 공주에게 알맹이를 건네고 눈을 감고 뒤로 걷기 시작했어. 공주가 곧 알맹이를 삼키자, 이럴 수가! 그 못생긴 모습 대신 세상에서 가장 아름다운 모습이 나타났어. 장미와 백합의 얼굴, 생기 넘치는 반짝이는 하늘색 눈, 밝은 황금색으로 곱슬곱슬 굽이치는 머리카락이.

북소리와 트럼펫 소리가 시끌벅적 기뻐하는 사람들 소리에 뒤섞였지. 왕과 궁정 사람 모두 피를리파트 공주가 태어났을 때처럼 한 다리를 짚고 춤을 추었고, 왕비는 기뻐서 까무러쳤어.

젊은 드로셀마이어는 이 소란에 정신이 팔렸지만, 단호한 태도를 지키면서 일곱 번째 걸음을 막 내디디려 했지. 그때 마우제링크스 부인이 찍찍거리며 바닥에서 나왔어. 드로셀마이어의 발이 그녀의 머리 위로 내려왔고, 청년은 비틀거리다가 하마터면 넘어질 뻔했단다.

아아! 이게 무슨 운명의 장난일까! 그의 몸은 빠르게 쪼그라들어 그 커다랗고 못생긴 머리를 거의 받칠 수가 없게 되었어. 두 눈은 멍한 초록색으로 바뀌고, 입은 한쪽 귀에서 다른쪽 귀까지 쭉 늘어났지. 장대 대신에 좁다란 나무 망토가 등에 매달려 그의 아래턱을 움직이게 되었어.

시계공과 천문학자는 겁에 질려 멍해졌고, 마우제링크스 부인은 피를 흘리고 버둥거리며 바닥을 굴러다녔지.

마우제링크스 부인의 악행에는 처벌이 뒤따랐어. 젊은 드로셀마이어가 단화 굽으로 목을 너무 세게 밟는 바람에 살아날 수가 없었거든. 마우제링크스 부인은 누운 채 괴로워하며, 애처로운 목소리로 최후의 말을 찍찍거렸어.

"아, 크라카툭! 단단한 호두여… 이것 봐, 이것 보라고! 그대 때문에 이제 나는 죽는구나! 찍찍… 일곱 왕관을 쓴 아들이… 밤중에… 호두까기를 물어 어머니의 죽음에 복수할 거다… 숨이 찬다… 나는 꼭… 하악, 하악… 죽어, 죽는구나… 이렇게나 젊은데… 찍찍… 아, 괴로워라! …찍!"

이 비명을 끝으로 마우제링크스 부인은 죽었고, 왕실의 오븐 관리자가 그 시체를 내갔어.

젊은 드로셀마이어에 대해서는 누구도 더는 신경 쓰지 않았지. 하지만 공주는 왕에게 약속을 일깨웠어. 왕은 젊은 영웅을 자기 앞에 데려오라고 명령했어. 하지만 그 불운한 젊은이가 다가오자 공주는 두 손으로 얼굴을 가리고 울었단다. "치워라, 저 못생긴 호두까기를 치워!" 궁정 호위대장이 호두까기의 어깨를 잡아끌더니 문밖으로 밀쳐냈어. 왕은 시계공과 천문학자가 호두까기를 왕의 사위로 삼기를 바랐다는 이유로 화가 머리끝까지 나서, 그들을 왕국에서 영원히 추방해 버렸지.

이 일은 별점에는 나타나지 않았던 거야. 하지만 천문학자는 낙담하지 않았어. 그는 즉시 점을 한 번 더 쳐보고, 별을 보니 젊은 드로셀마이어가 여전히 왕의 사위가 되고 왕이 되리라는 것을 읽어낼 수 있었다고 선언했어. 그가 원래 가지고 있던 아름다움이 돌아올 것이라고도 했지. 마우제링크스 부인의 일곱 아들이 죽은 뒤 일곱 머리를 달고 태어난 그녀의 또 다른 아들이 젊은 드로셀마이어의 손에 쓰러지고, 한 아가씨가 그 못생긴 모습에도 상관없이 그를 사랑하게 된 뒤에 말이야. 그리고 사람들은 젊은 드로셀마이어가 뉘른베르크의 아버지 가게 앞에서 크리스마스 즈음이면 호두까기 모습으로 목격되기도 했지만, 동시에 왕자로 목격된 것도 사실이라고들 했단다.

얘들아, 이게 단단한 호두 이야기야. 이젠 왜 사람들이 "이 호두는 너무 단단해서 깔 수가 없구나!"라는 말을 그렇게나 자주 하는지, 또 호두까기 인형들은 왜 그토록 못생겼는지 알게 되었을 거다.

드로셀마이어 판사는 이렇게 이야기를 마무리했어요. 마리는 피를리파트 공주가 배은망덕하다고 생각했지요. 프리츠는 호두까기 인형이 진짜 사나이라면 생쥐 왕과의 문제를 머잖아 해결하고 빠른 시일 안에 옛 모습을 되찾을 것이라고 장담했답니다.

삼촌과 조카

마리는 일어나려 할 때마다 어지러워서 결국 한 주 내내 침대에 머물러야만 했어요. 하지만 마침내 몸이 낫자 평소처럼 즐겁게 놀 수 있었지요. 유리장 안에 든 모든 것들—나무, 꽃, 집, 아름다운 인형들—은 여느 때처럼 반짝반짝 새것처럼 보였답니다. 하지만 무엇보다 좋았던 것은 사랑하는 호두까기 인형을 다시 찾은 일이었어요. 호두까기 인형은 두 번째 선반에 서서 훌륭하고 튼튼한 치아를 내보이며 마리에게 미소를 지었지요.

마리는 가장 좋아하는 인형을 보면서 기쁨을 느끼는 한편, 드로셀마이어 대부님의 이야기가 떠올라 마음이 몹시 아팠어요. 마리는 마음속 깊은 곳에서부터 자신의 호두까기 인형이 마법에 걸린 드로셀마이어 대부님의 조카, 뉘른베르크의 젊은 드로셀마이어라는 것을 알고 있었거든요. 마리는 피를리파트의 아버지가 다스리는 궁정의 시계공이 바로 드로셀마이어 판사라는 것을 조금도 의심하지 않았어요.

"하지만 삼촌은 왜 당신을 도와주지 않은 건가요?" 마리는 문득 자신이 목격했던 전투가 호두까기의 왕위와 왕국을 놓고 벌어진 것이라는 생각이 들어 물었어요. "천문학자의 예언이 이루어졌다는 것, 젊은 드로셀마이어가 인형들의 왕자이자 왕이라는 건 뻔하지 않은가요?"

영리한 마리는 이 모든 일을 머릿속에서 잘 정리하고, 호두까기 인형과 그의 병사들이 실제로 살아 움직인다고 생각했어요. 그 모습을 직접 보았으니까요. 하지만 유리장 안의 모든 것은 뻣뻣하고 생기 없는 모습으로 남아 있었지요. 그래도 마리는 믿음을 포기하기는커녕 모든 것을 마우제링크스 부인과 일곱 머리가 달린 그녀의 아들이 부린 마법 탓으로 돌렸답니다.

"하지만 드로셀마이어 왕자님, 움직일 수도 없고 제게 말을 거실 수 없다 하더라도." 마리가 호두까기 인형에게 큰 소리로 말했어요. "당신이 제 말을 알아들으시리라는 걸 알고 있어요. 제가 당신에게 얼마나 좋은 친구인지도 아실 거예요. 제 도움에 기대서도 돼요. 제가 당신의 삼촌에게 부탁해, 솜씨를 부려서 당신을 도와주시도록 할게요. 도움이 필요할 때마다 말이에요."

호두까기는 여전히 고요하고 움직임이 없었지만, 마리는 유리장 안에서 누군가 부드럽게 한숨을 쉬는 바람에 창이 떨리고 작은 종소리처럼 울리는 목소리가 들려오는 것만 같았어요. "나의 마리, 나는 당신의 것이 될 거예요. 그리고 당신은 내 것이 될 거랍니다, 나의 마리!" 마리는 몸을 타고 번지는 차가운 떨림 속에서 특별한 기쁨을 느꼈어요.

해질녘이 되었습니다. 슈탈바움 선생님과 대부님이 함께 거실로 들어왔어요. 곧 모두가 둘러앉아 차를 마시며 즐겁게 이야기를 나누었지요. 마리는 드로셀마이어 대부님의 발치에 자리를 잡고 앉았다가, 모두가 조용해진 어느 순간 판사를 올려다보며 말했어요. "사랑하는 드로셀마이어 대부님, 저는 제 호두까기가 대부님의 조카이고 천문학자의 예언대로 왕자, 아니, 왕이 되었다는 걸 알고 있어요. 대부님도 지금은 제 호두까기가 혐오스러운 생쥐 왕과 전쟁 중이라는 걸 알고 계시지요. 왜 도와주지 않으시는 거예요?"

그런 다음, 마리는 전투 전체를 자신이 본 대로 이야기했습니다. 부모님이 크게 웃는 바람에 자주 말이 끊기기는 했지만요. 프리츠와 드로셀마이어만이 계속 진지하게 들어주었어요.

슈탈바움 선생님은 "얘가 어쩌다 이런 이상한 생각을 다 하게 됐을까?"라고 말했어요.

"상상력이 좋은 거죠." 어머니가 대답했어요. "실은 열이 심하게 나면서 꾼 꿈일 뿐이에요."

"그 얘긴 거짓말이야." 프리츠가 말했습니다. "내 붉은 경기병대는 그런 겁쟁이가 아니라고. 그런 줄 알았으면 내가 단단히 혼을 내줬을걸!"

하지만 드로셀마이어 대부님은 묘한 미소를 지으며 마리를 무릎에 앉히고, 마리가 여태껏 들어본 중에서 가장 부드러운 목소리로 말했답니다. "아, 사랑하는 마리. 네게는 우리 중 누구보다도 큰 힘이 있구나. 너는 피를리파트처럼 공주로 태어난 거야. 반짝반짝 아름다운 왕국을 다스리고 있으니 말이다. 하지만 가엾고 못생긴 호두까기 편을 들면 고달파질 거야. 생쥐 왕이 모든 구멍과 구석에서 호두까기를 지켜보고 있거든. 나도 어쩔 수가 없단다. 오직 너만이 호두까기를 구해 줄수 있어. 굳건히, 또 진실하게 지내려무나."

마리도, 다른 사람들도 드로셀마이어 대부님이 무슨 뜻으로 그런 말을 한 것인지 몰랐습니다. 슈탈바움 선생님은 그 말이 너무도 이상하게 들린 나머지 드로셀마이어 판사의 맥박을 짚어보았어요. "훌륭한 친구, 자네 머리에 심한 울혈이 있네. 내가 약을 처방해 주지." 하지만 어머니는 사려 깊게 고개를 저으며 말했어요. "난 판사님이 무슨 뜻으로 하신 말씀인지 알 것 같아. 말로 표현하지는 못하겠지만."

승리

그리 오래지 않아 달이 밝은 어느 날 밤, 마리는 방구석에서 들리는 부스럭거리는 소리에 눈을 떴어요. 마치 누가 작은 돌멩이들을 던져대는 것 같은 소리였지요. 가끔은 찍찍거리는 끔찍한 소리도 들렸답니다.

"아! 쥐들이… 쥐들이 다시 오고 있어!" 마리가 겁에 질려 소리쳤어요. 마리는 어머니를 깨우려 했지만, 목소리가 나오지 않았고 손도 발도 꼼짝할 수 없었지요. 생쥐 왕이 벽의 구멍에서 기어 나오더니 방을 뱅뱅 돌며 달리다가 마리의 침대 옆 탁자로 풀쩍 뛰어오르는 것을 보았거든요.

"하악… 하악… 하악… 네 알사탕을 내놔… 네 생강빵을 내놔… 요 꼬맹아… 그러지 않으면 네 호두까기를 물어뜯을 테다… 네 호두까기를 말이야!" 생쥐 왕은 그렇게 찍찍거리더니 이빨을 가증스럽게 갈아대다가 훌쩍 뛰어내려 벽의 구멍으로 사라졌어요.

아침에 마리는 얼굴이 아주 창백해졌고 거의 한마디도 할수가 없었답니다. 어머니나 프리츠에게 무슨 일이 일어났는지 말할까 백 번쯤 고민했지만, 이런 생각이 들었어요. '아무도 내 말을 믿지 않을 거야. 날 놀리기만 할걸.'

단 한 가지는 분명했어요. 호두까기를 구하고 싶다면 알사탕과 생강빵을 포기해야 한다는 것이었지요. 그래서 마리는 저녁이 되자 자기가 가진 모든 것을—정말 많이 가지고 있었거든요—유리장 밑에 두었어요.

다음 날 아침, 마리의 어머니가 말했습니다. "왜 쥐들이 갑자기 거실로 다 모여들었는지 모르겠네. 보렴, 가엾은 마리. 그 녀석들이 네 생강빵을 전부 먹어 버렸구나."

정말이었어요. 게걸스러운 생쥐 왕은 알사탕이 자기 입맛에 맞지 않는다는 것을 알면서도 그 사탕들을 버릴 수밖에 없도록 날카로운 이빨로 갉아놓았지요. 마리는 빵과 사탕 때문에 슬프지는 않았어요. 오히려 호두까기를 구했다는 생각에 의기양양해졌답니다.

하지만 다음 날 밤, 귓가에서 찍찍거리는 소리를 들었을 때는 얼마나 무섭던지! 생쥐 왕이 다시 온 거예요. 생쥐 왕은 두 눈을 더욱 무시무시하게 번뜩이며 전보다 훨씬 시끄럽게 찍찍거렸어요.

"설탕 인형을 내놓아라… 초콜릿 인형도… 요 꼬맹아… 그러지 않으면 네 호두까기를 물어뜯겠다… 네 호두까기를 말이야!" 이 말과 함께 끔찍한 생쥐 왕은 훌쩍 뛰어내려 도망쳤어요. 마리는 무척 슬펐답니다. 다음 날 아침, 마리는 유리장으로 가서 설탕과 초콜릿 인형들을 슬프게 바라보았어요.

마리가 슬퍼한 데에는 이유가 있었어요. 마리 슈탈바움에게는 정말로 아름다운 인형들이 있었거든요! 예쁘장한 남녀 양치기가 우유처럼 흰빛의 새끼양들을 돌보았어요. 손에 편지를 든 우체부도 두 명 있었지요. 멋지게 차려입고 시소를 타는, 대리석처럼 희고 매끄럽고 단정한 소년 소녀 네 쌍도 있었고요. 마지막으로 구석에는 마리가 아끼는, 볼이 빨간 아주 작은 아기도 있었답니다. 마리의 눈에는 눈물이 고였어요.

"아, 사랑하는 드로셀마이어 왕자님." 마리가 호두까기를 돌아보며 말했어요. "당신을 구하기 위해서라면 무슨 일이든 하겠지만… 이건 아주 힘드네요!"

호두까기가 너무 비참해 보여, 마리는 생쥐 왕이 일곱 개의 입을 벌리고 그 불행한 젊은이를 먹어치우는 모습이 떠올랐어요. 그래서 마리는 인형들 모두를 희생하기로 했지요. 그날 저녁, 마리는 설탕 인형들을 모두 유리장 밑에 두었답니다. 남녀 양치기와 새끼양들에게 입을 맞추고, 마지막으로 붉은 뺨의 아기를 구석에서 꺼내 나머지 모든 인형 뒤에 놓았어요.

"이런, 정말 안됐구나!" 다음 날 아침, 어머니가 말했어요. "마리의 가엾은 설탕 인형들이 모두 갉아먹혀 조각났어." 마리는 참지 못하고 눈물을 흘렸지만, 곧 다시 미소를 지으며 자신을 타일렀어요. "이건 아무것도 아니야, 호두까기만 무사하다면."

저녁이 되자 어머니는 드로셀마이어 판사에게 쥐가 저지른 일에 관해 이야기했답니다. "마리의 설탕 인형을 그렇게 망가뜨리는 녀석을 죽일 수 없다니, 화가 나네요."

"하!" 프리츠가 즐거운 듯 외쳤어요. "맞은편 집에 사는 제빵사에게 멋진 회색 고양이가 있어요. 제가 그 녀석을 데려오면 어떨까요? 그 녀석이 곧 쥐의 머리를 물어뜯어 버릴걸요."

"그리고 식탁과 의자에 뛰어오르겠지." 어머니가 웃었습니다. "컵과 찻잔 받침을 내팽개치고 온갖 장난을 칠 거야."

"아아, 아니에요." 프리츠가 말했어요. "제빵사의 고양이는 몸이 가볍고 조심스러운 녀석이거든요. 저도 그 녀석처럼 지붕 위를 걸을 수 있으면 좋겠어요!"

"프리츠 계획이 좋네." 의사가 말했어요. "하지만 먼저 쥐덫을 써보지. 집에 쥐덫이 있나?"

"드로셀마이어 대부님이 제일 잘 만드실 수 있을 거예요." 프리츠가 말했어요. "대부님이 발명했으니까요." 모두가 웃었습니다. 어머니가 집에 쥐덫이 없다고 말하자, 드로셀마이어 판사는 즉시 사람을 보내 하나 가져오게 했어요. 아주 훌륭한 쥐덫 같았지요. 단단한 호두 이야기가 아이들의 머릿속에 생생하게 떠올랐답니다. 요리사가 지방 덩어리를 굽는 동안 마리는 몸을 떨었어요. 마리의 머릿속은 호두 이야기와 그 이야기에 나오는 신기한 일들로 가득했거든요. 마리가 말했어요. "마우제링크스 부인의 가족들을 조심하세요!" 한편 프리츠는 칼을 뽑아 들고 소리쳤답니다. "올 테면 오라지! 내가 흩어지게 할 거야!" 하지만 화로 밑은 고요하고 조용하기만 했어요. 드로셀마이어 판사가 기름 덩어리를 가느다란 실에 묶고 쥐덫을 부드럽게, 아주 부드럽게 유리장 옆에 내려놓자 프리츠가 외쳤지요. "조심하세요, 시계공 대부님. 그러지 않으면 생쥐 왕이 속임수를 쓸 테니까요!"

아, 하지만 마리가 보낸 밤은 또 어땠는지요! 얼음처럼 차가운 무엇인가 마리의 팔을 톡톡 건드리더니, 인정사정없이 뺨을 가로질러 기어와 귀에 대고 찍찍거렸어요. 혐오스러운 생쥐 왕이 마리의 어깨에 앉아 있었지요. 그는 피처럼 붉은 일곱 개의 입을 벌리고 이를 갈면서 식식댔습니다.

"현명한 쥐는, 현명한 쥐는, 집에 들어가지 않지. 잔치가 열리는 곳에도 가지 않지. 설탕으로 만든 것들을 가장 좋아하지만 기계 따위는 무시하지. 잡히지 않지. 새 옷과 그림책, 가장 좋은 모든 것들을 내놓아라. 그러지 않으면 쉴 수 없을 거야. 내가 밤에 호두까기를 찢어발기고 물어뜯을 테니까. 하악, 하악… 킥, 킥!"

65

다음 날 아침, 프리츠에게서 쥐가 잡히지 않았다는 말을 들은 마리는 아주 불안해 보였어요. 그래서 어머니는 마리가 설탕으로 만든 것들 때문에 슬퍼한다고 생각했지요. "슬퍼하지 마라, 아가야." 어머니가 말했어요. "곧 그 녀석을 쫓아낼 거야. 쥐덫이 통하지 않으면 프리츠가 회색 고양이를 데려올 거란다."

마리는 거실에 혼자 있을 때 유리장으로 다가가 호두까기 인형을 보며 흐느꼈어요. "아, 내 사랑, 훌륭한 드로셀마이어 왕자님. 제가 뭘 어떻게 해야 할까요? 그림책을 모두 포기하고 아름다운 새 옷까지 그 혐오스러운 쥐에게 내주면 쥐는 점점 더 많은 걸 달라고 할 거예요. 그러다가 제게 내줄 게 더 남아 있지 않으면, 마지막으로 당신 대신 저를 물어뜯어 조각조각내 버리고 싶어 하겠죠." 어린 마리는 슬퍼하다가 호두까기 인형의 목에서 커다란 핏자국을 보았어요. 전투 이후로 줄곧 남아 있는 자국이었지요. 지금 마리는 자신의 호두까기가 드로셀마이어 판사의 조카인 젊은 드로셀마이어라는 것을 알아낸 터였으므로, 더는 품에 그를 안고 다니거나 예전처럼 끌어안고 입을 맞추지 않았어요. 사실 마리는 거의 호두까기를 건드리지도 않았습니다. 그러나 핏자국을 보았을 때는 호두까기를 조심스럽게 선반에서 꺼내 손수건으로 문질렀어요. 손에 든 호두까기가 갑자기 따뜻해져 움직이기 시작했을 때는 얼마나 놀랐는지 모른답니다! 마리는 호두까기를 재빨리 다시 선반에 올려놓았어요. 그런데 그때—세상에나!—호두까기의 작은 입이 움찔거리며 비틀리기 시작했어요. 호두까기는 드디어 엄청나게 애를 써서 혀 짧은 소리를 냈습니다. "아, 세

상에서 가장 사랑스럽고 훌륭한 슈탈바움 양… 훌륭한 친구여, 어떻게 감사를 전해야 할까요? 아니! 그림책도, 크리스마스 드레스도 내주지 마세요! 제게 칼을 주세요. 나머지는 제가…" 호두까기는 여기에서 말을 멈추었어요. 아주 깊은 연민을 드러내기 시작한 그의 두 눈은 멍해져 움직이지 않았지요.

마리는 조금도 두렵지 않았습니다. 오히려 기뻐서 펄쩍 뛰었어요. 이제는 더 이상 고통스러운 희생을 하지 않고도 호두까기를 구할 방법을 찾아냈으니까요. 하지만 칼을 어디에서 구해다 준담? 마리는 프리츠에게 물어보기로 했어요. 부모님이 외출한 어느 날 저녁, 프리츠와 단둘이 유리장 옆에 앉아 있을 때였지요. 마리는 프리츠에게 호두까기와 생쥐 왕 사이에 일어난 모든 일을 말해 준 다음, 칼을 구해 달라고 부탁했어요. 프리츠는 자신의 경기병들이 형편없는 용기를 보여주었다는 마리의 이야기를 오랫동안 진지하게 생각했어요. 그것이 정말이냐고 아주 심각하게 물었지요. 마리는 확실하다고 말했고, 프리츠는 유리장으로 달려가 경기병들에게 아주 감동적인 연설을 한 다음, 비겁함에 대한 벌로서 그들의 모자에 달린 배지들을 잘라냈어요. 그러고는 마리를 돌아보았습니다. "칼이라면 쉽게 한 자루 구해 줄 수 있어. 내가 어제 늙은 대령에게 은퇴해도 된다고 허락해서, 대령은 더 이상 날카롭고 멋진 사브르를 쓸 필요가 없어졌거든." 프리츠가 말한 대령은 셋째 선반의 가장 깊숙한 구석에서 살고 있었어요. 대령의 은제 사브르는 호두까기에게 채워졌답니다.

마리는 그날 밤 거의 잠들 수가 없었어요. 너무 불안하고 두려웠거든요. 자정 즈음, 마리는 응접실에서 부스럭거리고 달그락거리고 쉭쉭거리는 소리를 들었어요.

동시에 '찍!' 소리가 났지요.

"생쥐 왕이야!" 마리가 소리치며 깜짝 놀라 침대에서 뛰어나왔어요. 모든 것이 고요했지만, 마리의 귀에는 가만히 문을 두드리는 소리가 들렸어요. 조용한 목소리도 들렸고요. "세상에서 가장 귀하고 훌륭하고 친절한 슈탈바움 양, 두려워 말고 문을 여세요!"

마리는 젊은 드로셀마이어의 목소리를 알고 있었으므로 코트를 걸치고 문을 열었어요. 작은 호두까기가 오른손에는 피투성이 칼을, 왼손에는 양초를 들고 밖에 서 있었지요. 호두까기는 마리를 보자마자 한쪽 무릎을 꿇고 말했어요. "아가씨… 나를 기사다운 용기로 가득 채워준 분도, 나의 이 팔에 감히 당신의 잠을 방해하려던 주제넘은 적과 싸울 힘을 준 분도 오직 당신뿐입니다. 위험한 생쥐 왕은 꼼짝 못하게 되었습니다. 쓰러져 자기 피로 목욕을 하고 있으니까요. 죽을 때까지 당신을 위해 헌신적으로 봉사할 기사가 드리는 승리의 징표를 비웃지 말고 받아주십시오." 이 말과 함께 호두까기는 왼팔에 걸고 있던 생쥐 왕의 왕관 일곱 개를 꺼내 마리에게 주었고, 마리는 기쁘게 그것들을 받았어요. 호두까기가 일어나 말했답니다. "누구보다 훌륭하고 친절한 슈탈바움 양, 원수가 사라진 이 순간 내가 당신에게 얼마나 아름다운 것들을 보여 드릴 수 있는지 아마 모르시겠죠. 그저 몇 걸음만 나를 따라오면 된답니다. 내게 그런 친절을 베풀어주지 않으시겠어요?"

마리는 호두까기를 따라가기로 했어요. 마리는 호두까기를 믿었고, 그가 정말로 자신에게 수많은 아름다운 것들을 보여주리라 믿었으니까요. "같이 갈게요, 드로셀마이어 왕자님." 마리가 말했어요. "하지만 오래 걸리면 안 돼요, 거의 잠을 못 잤거든요."

"그렇다면." 호두까기가 말했어요. "가장 가깝지만 험한 길을 고르지요." 마리는 호두까기를 따라갔고, 마침내 호두까기는 거실에 있는 커다란 골동품 옷장 앞에 멈춰 섰답니다. 마리는 놀랍게도 항상 잠겨 있던 옷장 문이 이제는 아버지의 여우털 여행용 코트가 보이도록 활짝 열려 있는 것을 보았어요. 호두까기는 재빠르게 기어 올라가 코트 뒤쪽에 매달려 있던 술 장식을 잡았지요. 호두까기가 술 장식을 잡아당기자, 코트 소매에서 바닥으로 조그만 삼나무 계단이 쭉 늘어졌습니다. "올라오시겠습니까?" 호두까기가 외쳤어요.

마리는 올라갔습니다. 하지만 소매로 올라가 목깃 쪽으로 빠지는 출구를 보기가 무섭게 눈부신 빛이 비쳤어요. 어느새 마리는 반짝이는 불빛 수백만 개에 둘러싸인 채 좋은 냄새가 나는 초원에 서 있었답니다. 그 빛들은 반짝이는 보석처럼 위로 쏘아졌어요. "우린 지금 사탕 평원에 와 있습니다." 호두까기가 말했어요. "하지만 저쪽 문으로 곧장 지나갈 거예요." 마리가 위를 올려다보자 앞으로 몇 발짝 떨어진 곳에 있는 아름다운 대문이 보였습니다. 대리석으로 된 것 같았지만, 더 가까이 가서 보니 사실은 설탕과 아몬드, 건포도를 한데 이겨 구워서 만든 것이었어요. 대문 너머에 있는 회랑에는 빨간 재킷을 입은 원숭이 여섯 마리가 있었는데, 그 녀석들은 여태까지 존재했던 것 중 가장 훌륭한 터키 음악을 연주했지요. 곧 아주 달콤한 냄새가 주변에 감돌았습니다. 그들이 보는 앞에서 웬 작은 나무의 양옆이 트이더니 거기에서 그 향기가 뿜어져 나왔던 거예요. 짙은 나뭇잎 사이에서는 금색과 은색 과일이 빛났고, 나무둥치와 가지는 리본과 꽃들로 장식되어 있었지요. 달콤한 향이 가벼운 산들바람처럼 살랑살랑 움직이며 마치 음악같이 나뭇가지와 잎사귀들 사이를 부스럭부스럭 지나갔고, 춤추는 불꽃들이 박자를 맞추었답니다!

"아, 여긴 정말 즐겁네요!" 마리가 행복에 젖어 외쳤어요. "우린 크리스마스 숲에 와 있습니다." 호두까기가 말했지요. "아, 여기에 조금만 머물 수 있으면 좋겠어요." 마리가 소리쳤어요. "여긴 너무, 너무 매력적이에요!" 호두까기가 손뼉을 치자 작은 남녀 양치기와 사냥꾼들이 다가왔어요. 아주 섬세하고 하얘서 백설탕으로 만든 것처럼 보였지요. 그들은 전체가 금으로 만들어진 앙증맞은 안락의자를 가져와 마리에게 앉으라고 권했어요. 마리는 자리에 앉았고, 남녀 양치기들은 즉시 아름다운 발레를 추기 시작했으며, 사냥꾼들은 뿔나팔을 불었어요. 그런 다음 모두가 덤불 속으로 다시 사라졌답니다. 이제 마리와 호두까기는 조용히 흐르는 시내를 따라 걸었어요. 그 시내에서는 오렌지 향이 나와 숲 전체를 채우는 듯했지요.

"여긴 오렌지 시내예요." 호두까기가 말했어요. "하지만 레모네이드 강과는 크기도, 아름다움도 비교가 안 되지요." 마리는 머잖아 물이 콸콸 쏟아지는 더 큰 소리를 들었어요. 널찍한 레모네이드 강이 눈에 들어왔습니다. 그 강은 밝은 초록색 덤불로 뒤덮인 강둑 사이에서 크림색 너울을 일으키며 자랑스러운 듯 흘러갔지요. 기분이 상쾌해지는 시원한 느낌이 물결에서 풍겨 나왔어요. 근처에서는 짙은 노란색 개울이 한가롭게 흘러가며 달콤한 냄새를 풍겼고, 수많은 어린아이가 땅콩처럼 생긴 작은 고기들을 낚으려고 냇가에 앉아 있었습니다. 저 멀리 개울가에는 단정한 작은 마을이 있었어요. 집, 교회, 목사관, 헛간 등은 모두 짙은 갈색이고, 벽에는 도금된 다리쇠와 알사탕이 박혀 있었지요. "저긴 생강빵 마을이에요." 호두까기가 말했어요. "주민들은 사랑스럽게 생겼지만, 치통을 앓고 있어서 퉁명스럽습니다. 그래서 저기에는 들르지 않을 거예요."

그때 마리는 밝고 반투명의 집들이 있는 아름다운 작은 마을을 보았어요. 호두까기는 곧장 그리로 갔답니다. 마리는 부산스럽고 즐겁게 땡그랑거리는 소리를 들었어요. 무거운 짐을 실은 짐마차 여러 대가 시장 앞에 멈추어 있고, 그 주변에 아주 작은 사람들이 천 명이나 모여 있는 것이 보였지요. 그들은 짐마차에서 색종이와 초콜릿 케이크를 내렸어요. "이제 봉봉 마을이에요." 호두까기가 말했습니다. "여기 주민들은 각다귀 장군의 군대로부터 자주 끔찍한 위협을 당하지요. 그래서 종이 나라에서 가져온 튼튼한 소재로 집을 강화하고, 초콜릿 왕이 보내주는 강한 방어벽으로 요새를 세우는 거랍니다. 하지만 세상에서 가장 소중한 슈탈바움 양, 우리는 이 나라의 작은 마을과 고을을 모두 방문하지는 않을 거예요. 수도

로 가지요!"

호두까기는 서둘러 나아갔고 마리는 호기심에 가득 차 그 뒤를 따랐어요. 얼마 지나지 않아 장미 향기가 그들을 감쌌고, 주변 모든 것에 부드러운 장밋빛이 감돌았습니다. 마리는 눈앞에서 잔잔하게 물결치는 분홍색 호수의 색이 비친 것이라는 사실을 깨달았지요. 목깃이 금색인 아름다운 은백색 백조들이 헤엄치며 듣기 좋은 노래를 불렀고, 작은 다이아몬드 물고기들이 춤추듯 퐁당퐁당 오르내렸습니다. "아." 마리가 뜨겁게 소리쳤어요. "여기가 드로셀마이어 대부님이 저한테 만들어 주겠다고 하셨던 호수가 틀림없어요. 사랑스러운 백조들을 쓰다듬어 줄 아가씨가 바로 저예요."

호두까기는 비웃었어요. 마리로서는 호두까기에게서 한 번도 본 적 없는 태도였지요. "드로셀마이어 대부님은 절대 이런 걸 만들 수 없어요. 오히려 당신이, 세상에서 가장 사랑스러운 슈탈바움 양 당신이 만들면 모를까. 하지만 번거롭게 그런 일을 하지는 맙시다. 장미 호수를 건너 수도로 가요."

수도

호두까기가 다시 손뼉을 치자 장미 호수의 물결이 높이 솟았습니다. 멀리 조개껍데기로 만들어져 있고, 반짝이는 보석으로 뒤덮여 있으며, 황금 돌고래 두 마리가 끄는 마차가 보였어요. 작은 무어인 열두 명이 모자를 쓰고 벌새 깃털을 꼬아 만든 앞치마를 입고 호숫가로 뛰어오르더니, 처음에는 마리를, 그다음에는 호두까기를 데리고 미끄러지듯 물결을 건너 마차에 태워주었지요. 마차는 호수를 건너기 시작했습니다. 아, 장밋빛 공기와 장밋빛 물결이 숨쉬듯 철썩이는 가운데 배를 탔으니, 마리는 얼마나 기분이 좋았을까요! 돌고래 두 마리가 고개를 들고 콧구멍에서 수정처럼 맑은 물줄기를 높이, 하늘 높이 뿜어내자, 그 물줄기가 가볍게 떨리며 반짝이는 천 개의 무지개가 되어 다시 떨어져 내렸답니다. 마치 낭랑하고 작은 두 목소리가 한꺼번에 노래를 부르는 것만 같았어요.

"누가 장밋빛 호수에서 배를 타는 거지? 작은 요정이구나… 일어나라, 일어나! 음악과 노래… 퐁당퐁당 물고기들아, 슉슉 백조들아, 쩍쩍 새들아, 윙윙 산들바람아! 부스럭거리고, 울리고, 노래하고, 불어대렴! 물결 위에 요정이 간다! 장밋빛 너울이 웅성웅성, 놀고, 몰아치고, 공기를 식히는구나! 흘러라, 계속 흘러."

마리는 장밋빛 물결을 들여다보았어요. 어떤 아름다운 아가씨의 얼굴이 마리를 마주 올려다보며 미소 지었지요. "아!" 마리가 기쁜 듯 소리쳤다. "보세요, 드로셀마이어 왕자님! 물속에 피를리파트 공주가 있어요. 와, 저를 보며 얼마나 달콤하게 미소 짓는지 좀 보세요!"

호두까기는 무척 슬픈 듯 한숨을 쉬었어요. "아, 세상에서 가장 친절한 슈탈바움 양, 그건 피를리파트 공주가 아니에요. 당신이지요. 그토록 상냥하게 미소 지으며 장미 호수를 둘러보는 건 당신 자신의 사랑스러운 얼굴이랍니다." 이 말에 마리는 얼굴을 붉혔어요. 마리는 열두 명의 무어인 손에 이끌려 마차에서 내린 뒤 호숫가까지 안내받아 갔답니다. 그들은 어느새 크리스마스 숲보다도 밝고 반짝이는 작은 잡목숲에 들어와 있었고, 나무에는 온갖 색깔의 과일들이 주렁주렁 열려 있었어요. "설탕절임 잡목숲에 와 있어요." 호두까기가 말했어요. "하지만 수도는 저기랍니다."

얼마나 멋진 광경이었는지! 마리의 눈앞에 펼쳐진 도시의 아름다움과 장관은 이루 말로 다 할 수가 없었어요. 성벽과 탑들은 반짝였고, 집의 지붕들은 여러 개의 왕관으로 정교하게 장식되어 있었지요. 게다가 탑들에는 여태 본 것 중 가장 아름다운 화환이 매달려 있었습니다. 그들이 성문을 지나가자 은빛 병사들이 거수경례했고, 실크로 만든 실내복을 입은 작은 남자가 호두까기에게 넙죽 엎드렸어요. "어서 오십시오, 세상에서 가장 훌륭한 왕자님이시여! 과자마을에 오신 것을 환영합니다!"

마리는 젊은 드로셀마이어가 그렇게 높은 사람에게도 왕자님이라 불리는 것을 듣고 깜짝 놀랐어요. 하지만 이제는 작은 목소리들이 왁자지껄하게 떠드는 소리와 노랫소리와 노는 소리가 들려 다른 것은 생각할 수 없었지요. 그녀는 떠드는 소리가 무슨 뜻인지 물으려고 호두까기를 돌아보았어요. "아, 슈탈바움 양, 특별할 건 없습니다. 과자마을은 사람이 많고 즐거운 도시거든요. 이곳은 매일 이런 식이랍니다. 더 걸어가실까요?"

그들이 겨우 몇 발짝을 옮겼을 때 아주 큰 시장이 나왔어요. 훌륭한 광경이었지요. 주변의 모든 집은 설탕을 뿌린 세공 작품이었습니다. 회랑 위에 회랑이 지어져 있었고, 한가운데에는 흰색과 빨간색으로 이루어진 설탕 크림의 커다란 오벨리스크가 서 있었으며, 레모네이드와 탄산수로 이루어진 분수네 개가 공중에 물을 쏘아대고 있었지요. 그 분수의 커다란 물받이는 설탕과 크림이 섞인 부드러운 과일로 되어 있었고, 위에는 서리처럼 곱게 간 설탕이 약간 뿌려져 있었답니다. 하지만 이 모든 것보다도 멋졌던 것은 매력적인 작은 사람들이었어요. 그들은 수천 명씩 서로를 밀고 당기며 노래를 불렀지요. 그곳에는 아름다운 옷을 입은 남자와 여자, 병사들, 목사들, 양치기들과 광대들이 있었어요. 다시 말하면, 세상에서 볼 수 있는 모든 사람이 있었던 거예요.

마리는 놀라 소리칠 수밖에 없었어요. 마리와 호두까기는 어느새 장밋빛으로 반짝이고 꼭대기에는 바람이 잘 통하는 탑이 백 개나 놓여 있는 성채 앞에 서 있었거든요. 바이올렛, 수선화, 튤립, 달리아로 이루어진 아름다운 꽃다발 여러 개가 주변에 걸려 있었는데, 그 반짝이는 짙은 색깔 때문에 장밋빛과 흰색으로 눈부신 성벽이 더욱 두드러졌어요. 가운데 건물의 커다란 둥근 지붕과 탑의 비스듬한 지붕들에는 금색과 은색의 별들이 천 개나 흩뿌려져 있었고요. "우리는 마지팬 성 앞에 와 있습니다." 호두까기가 말했어요. 마리는 감탄하느라 정신이 없었지만, 탑 중 한 곳에 지붕이 없다는 것은 놓치지 않았지요. 작은 남자들이 계피로 만들어진 비계에 올라가 그것을 바삐 고치고 있었습니다. "얼마 전에 이 아름다운 성이 심각한 손상을 입었거든요. 하마터면 완전히 무너질 뻔했지요." 호두까기가 말을 이었어요. "달콤이빨 거인이 이쪽으로 와서 저쪽 탑 지붕을 물어뜯고 갉아먹었답니다. 그때 과자마을 사람들이 거인에게 도시의 4분의 1과 설탕절임 잡목숲을 상당 부분 내주었지요. 달콤이빨 거인은 그 정도로 만족하고 제 갈 길을 갔답니다."

그 순간, 부드러운 음악이 들려오고 궁전 문이 열리며 열두 시동이 정향에 불을 밝혀 손에 횃불처럼 들고 걸어 나왔어요.

시동들은 모두 머리가 진주로 되어 있었습니다. 몸통은 루비와 에메랄드로 만들어져 있었으며 발은 순금으로 되어 있었지요. 귀부인 넷이 그 뒤를 따라왔는데, 그들은 거의 클라라만큼이나 키가 크고 너무 멋진 옷을 입고 있어서 마리는 그들이 공주가 틀림없다는 것을 알았어요. 그들은 세상 누구보다 다정한 태도로 호두까기를 끌어안더니 즐거움에 북받쳐 흐느끼며 소리쳤답니다. "아, 나의 훌륭한 왕자님! 아, 나의 형제여!"

호두까기는 무척 감동한 듯했어요. 그는 눈물을 훔치더니 마리의 손을 잡고 감정을 가득 담아 말했습니다. "이쪽은 매우 존경받는 의사의 따님이자 저의 구원자이신 마리 슈탈바움 양입니다. 이분이 적절한 때에 신발을 던져주지 않았거나 은퇴하여 연금 생활을 하고 있는 대령의 칼을 제게 전해 주지 않았더라면, 저는 지금 그 끔찍한 생쥐 왕에게 조각조각 물어뜯겨 무덤에 누워 있을 겁니다. 이분을 잘 보고, 아무리 태어날 때부터 공주였다 해도 피를리파트가 이분과 아름다움이나 친절함, 미덕으로 비교될 수 있는지 말씀해 주시겠어요?"

아가씨들은 모두 "아니지!"라고 소리치더니 마리를 끌어안고 소리쳤어요. "아, 우리의 사랑하는 형제이자 왕자를 구해 주신 소중한 분이여! 매력적인 마리 슈탈바움 양이여!" 마리는 그 귀부인들과 호두까기를 따라 성으로 들어갔습니다. 그런 다음, 작은 의자와 소파와 브라질 소방목으로 만든 책상들이 가득하며 황금 꽃들로 장식되어 있고 벽은 밝은 색깔의 수정으로 이루어진 방에 들어갔어요. 공주들은 작은 컵과 찻잔 받침과 큰 접시와 작은 접시를 꺼내 오는데, 모두가 최상품 사기그릇이었지요. 그러고는 가장 훌륭한 과일과 설탕 과자들로 맛있는 식사를 준비하기 시작했습니다. 마리는 공주들을 도와주고 싶었어요. 호두까기의 누이 중 가장 아름다운 귀부인이 마리의 비밀스러운 생각을 읽기라도 한 듯 황금 막자사발을 건네며 말했지요. "아, 다정한 친구여. 이 얼음사탕 좀 찧어 줄래요?"

마리가 일을 하는 동안, 호두까기는 자신의 모험 이야기를 들려주기 시작했어요. 그의 군대와 생쥐 왕 사이에 벌어진 무시무시한 전투에 관해서, 군대가 겁을 내는 바람에 그 전투에서 패배했던 일에 관해서, 끔찍한 생쥐 왕이 그를 조각조각 물어뜯으려고 도사리고 있던 일에 관해서, 또 마리가 호두까기를 지키기 위해 수많은 백성을 포기한 일에 관해서, 또 그 밖의 모든 일에 관해서도 있는 그대로 말이지요. 이 이야기를 하는 동안, 마리는 호두까기의 말이 점점 잘 안 들리는 것처럼 느껴졌어요. 막자를 찧어대는 소리도 점점 멀게만 들렸지요. 그러다가 결국 마리는 그 소리를 거의 듣지 못하게 되었답니다. 바로 그때, 마리는 눈앞에 나타난 희고 가벼운 천을 보았어요. 그 안에는 공주들과 시동들, 호두까기와 마리 자신이 모두 있었지요. 특별한 콧노래 소리와 부스럭거리는 소리, 노랫소리가 들려왔는데, 그 소리는 저 멀리에서 잦아드는 것만 같았습니다. 이제 마리는 파도를 타는 것처럼 점점 더 높이 들어올려졌어요. 더 높이, 더 높이… 더 높이, 더 높이!

✳•✳•✳•✳•✳•✳•✳•✳•✳•✳•✳•✳•✳•✳

이어 마리는 떨어지고, 떨어지고, 떨어지다가… 쿵! 눈을 떠보니 침대에 누워 있었습니다. 빛이 방에 흘러넘쳤고, 어머니가 마리를 내려다보며 서서 말하고 있었지요. "어쩜 그렇게 오래 자니? 아침 식사가 이미 준비되어 있단다."

여러분도 마리가 자신이 본 놀라운 것들에 압도당한 나머지 마지팬 성에서 결국 잠들고 말았으며, 무어인들이나 시동들이나 어쩌면 공주들이 직접 마리를 집으로 데려와 침대에 눕혔다는 것을 알아차리셨겠지요.

"엄마, 어젯밤 젊은 드로셀마이어 왕자님이 제게 뭘 보여줬는지 들으면 못 믿으실 거예요!" 마리는 어머니에게 여러분이 방금 들은 것과 같은 이야기를 전부 해주었고, 어머니는 깜짝 놀라 귀를 기울였어요. 마리가 말을 마치자 어머니가 말했습니다. "꿈을 꿨나 보구나, 아가. 하지만 이제 그런 건 잊어버리렴."

마리는 자신이 꿈을 꾼 것이 아니라 그 기적적인 것들을 실제로 보았다는 주장을 굽히지 않았지만, 어머니는 그녀를 응접실의 유리장으로 데려가 호두까기를 두 번째 선반의 평소 자리에서 꺼내며 말했어요. "바보 같기는. 대체 어떻게 이 작은 인형이 살아날 수 있다고 생각하는 거야?"

"하지만 엄마." 마리가 대답했어요. "작은 호두까기는 뉘른베르크의 젊은 드로셀마이어 왕자님이에요. 드로셀마이어 대부님의 조카라고요."

부모님이 이 말을 한바탕 웃으며 받아들이자, 마리는 다른 방으로 달려 들어가 자신의 작은 상자에서 생쥐 왕이 썼던 일곱 개의 왕관을 꺼내 가지고 들어와 어머니에게 건네주었어요. "보세요, 엄마. 여기 생쥐 왕의 일곱 왕관이 있잖아요. 어젯밤 젊은 드로셀마이어 왕자님이 제게 승리의 증표로 준 거예요." 어머니는 놀라서 작은 왕관들을 살펴보았어요. 광채가 밝고 기묘한 데다 아주 섬세하게 세공되어 있었기 때문에, 사람의 손으로 그런 것을 만든다는 것은 불가능하게 보였지요. 아버지도 똑같이 충격을 받아, 마리에게 어떻게 그것들을 손에 넣게 되었는지 고백하라고 심하게 추궁했어요. 하지만 마리는 굳게 입을 다물었지요. 아버지는 마리를 호되게 나무라며 '망할 이야기꾼'이라고까지 불렀어요. 그 순간 마리는 슬피 울기 시작했습니다.

바로 그때, 문이 열리고 드로셀마이어 판사가 들어왔어요.

"이게 다 무슨 일인가?" 그가 소리쳤어요. 슈탈바움 선생님은 드로셀마이어 판사에게 모든 일을 이야기하고 왕관을 보여주었어요. 눈길이 그 왕관에 닿자마자 판사는 웃으며 외쳤지요. "어리석기는… 다들 참 어리석네그려! 이것들은 내가 시곗줄에 달고 다니다가 마리의 두 번째 생일에 선물로 준 바로 그 왕관들이야."

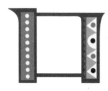마리는 울면서 드로셀마이어 대부님에게 달려갔어요. "말해 주세요, 대부님. 엄마 아빠한테 제 호두까기가 대부님의 조카인 뉘른베르크의 젊은 드로셀마이어 왕자님 이고, 저한테 왕관을 준 건 바로 그분이라고 말해 주세요!"

하지만 판사는 진지한 얼굴로 웅얼거렸어요. "말도 안 되는 소리!"

슈탈바움 선생님은 마리를 자기 무릎에 앉히고 아주 심각하게 말했답니다. "잘 들어라, 마리. 이 바보 같은 헛소리를 완전히, 지금 당장 잊어버리지 않으면 네 인형을 전부 창밖으로 던져 버릴 거야. 호두까기와 클라라 양도!"

가엾은 마리는 감히 자신의 모험에 대해 더 이야기할 수 없었지만, 그 일을 계속 생각했어요. 열심히 집중하면 그 멋진 광경들을 다시 눈앞에 나타나도록 할 수 있다는 것도 알게 되었지요. 이제 마리는 예전처럼 노는 대신 조용히 앉아 자기 마음속을 살피며 생각에 잠기게 되었습니다. 마리는 자주 이런 일로 꾸중을 들었고 '꼬마 몽상가'라고 불렸어요.

판사가 응접실 시계 중 하나를 고치러 슈탈바움 선생님의 집에 온 것은 그로부터 얼마간 시간이 흐른 뒤의 일이었답니다. 판사가 작업을 하고 있을 때 마리는 유리장 근처에 앉아 호두까기를 바라보고 있었어요. 그때 문득 마리는 자기가 무슨 말을 하는지도 모르고 울음을 터뜨렸습니다. "아아, 당신이 살아 계신다면, 드로셀마이어 왕자님, 저는 피를리파트 공주와 달리 저를 위해 아름다움을 희생한 당신을 모욕하지 않을 거예요."

바로 그때, 누군가가 큰소리로 문을 두드렸어요. 드로셀마이어 판사가 외쳤습니다. "어이… 어이… 어리석은 사람들 같으니!" 마리는 하마터면 겁에 질려 의자에서 떨어질 뻔했어요.

"마리." 어머니가 문 앞에서 말했습니다. "뉘른베르크에서 방금 드로셀마이어 대부님의 조카분이 도착했단다."

드로셀마이어 판사는 얼굴이 우유처럼 희고 뺨은 피처럼 붉은, 작지만 몸매가 좋은 젊은이의 손을 잡고 있었어요. 그는 가장자리가 금색으로 된 멋진 빨간 코트를 입고 반짝반짝 광을 낸 단화와 실크 스타킹을 신고 있었으며 옆구리에는 칼을 차고 있었지요. 그 칼은 밝게 빛나서 다이아몬드로 만든 것 같았어요. 사려 깊은 선물을 많이 가져온 것을 보면 그가 대단히 공손하고 점잖은 젊은이라는 것은 분명했답니다. 마리에게 줄 달콤한 생강빵과 설탕 인형들, 그리고 프리츠에게 줄 아주 멋진 사브르였지요. 저녁에 젊은 드로셀마이어는 함께 있는 모든 사람을 위해 호두를 까주었어요. 가장 단단한 호두조차 그의 상대가 되지는 못했지요. 그는 호두 하나를 입에 넣고 길게 땋은 머리를 잡아당겼어요. 그러면 딱 하며 알맹이가 튀어나왔습니다. 저녁을 먹은 다음, 그는 마리에게 함께 거실로 들어가자고 했습니다. 마리는 얼굴이 새빨개졌어요.

단둘이 있게 되자마자 젊은 드로셀마이어는 한쪽 무릎을 꿇고 말했습니다. "아, 사랑스러운 슈탈바움 양. 바로 이 자리에서 당신이 목숨을 구해 준 행복한 드로셀마이어가 당신의 발치에 있습니다. 당신은 못된 피를리파트와 달리 저를 모욕하지 않겠다고 말씀하셨고, 그 순간부터 저는 더 이상 비참한 호두까기 인형이 아니게 되어 옛 모습을 되찾았습니다. 슈탈바움 양, 부디 저와 결혼하는 영광을 주세요. 왕관과 왕국을 나누고 마지팬 성을 저와 함께 다스려 주세요. 그곳에서는 지금도 제가 왕이니까요!"

마리는 바로 그 제안을 받아들였어요. 1년 하고도 하루가 지난 어느 날, 젊은 드로셀마이어는 은빛 말들이 끄는 황금 마차를 타고 마리를 데리러 왔습니다. 사람들은 그들의 결혼식이 진주와 다이아몬드 드레스를 걸친 무용수 2만 2천 명이 나오는 장관이었다고들 해요. 마리는 지금도 반짝이는 크리스마스 숲과 훌륭한 마지팬 성의 왕비로서 그곳을 다스리고 있어요. 마리처럼 여러분도 그곳에서 온갖 멋진 것들을 찾을 수 있을 거예요. 찾아볼 시간만 좀 낸다면 말이지요.

에른스트 테오도어 아마데우스 호프만

에른스트 테오도어 아마데우스 호프만은 독일 낭만주의의 중요한 작가 중 한 명이다. 그가 널리 명성을 얻은 이유는, 아마 환상적인 요소를 좀 더 어두운 리얼리즘과 결합함으로써 규제를 받지 않는 상상력이 병적인 정신에 끼치는 해로운 영향을 탐구한 중단편 소설들 때문일 것이다. 그의 중편소설 「샌드맨」은 들리브의 발레 〈코펠리아〉에 영향을 주었고, 『호두까기 인형과 생쥐 왕』은 차이코프스키의 두루 사랑받는 크리스마스 발레의 토대가 되었다.

산나 아누카

산나 아누카는 어린 시절 여름을 핀란드에서 보냈으며, 그곳의 풍경과 민화를 지금까지도 영감의 원천으로 삼고 있다. 그녀는 영국 브라이튼에 근거지를 둔 판화 제작자이자 일러스트레이터로서 핀란드의 섬유 브랜드인 마리메코의 디자이너이다. 〈보그〉와 수많은 인테리어 디자인 잡지에서도 다루어졌다. 그녀는 한스 크리스티안 안데르센의 동화 『전나무』와 『눈의 여왕』도 일러스트 작업을 했다.

The Fir Tree

HANS CHRISTIAN ANDERSEN

Illustrated by

SANNA ANNUKKA

The
Snow Queen

HANS CHRISTIAN ANDERSEN

Illustrated by
SANNA ANNUKKA

옮긴이 강동혁

서울대학교 영문학과와 사회학과를 졸업하고 같은 학교 대학원에서 영문학 석사학위를 받았다. 옮긴 책으로는 『해리포터』, 『일곱 건의 살인에 대한 간략한 역사』, 『레스』, 『이 소년의 삶』 등이 있다

호두까기 인형

1판 1쇄 인쇄 2019년 12월 3일
1판 1쇄 발행 2019년 12월 13일

지은이 | E.T.A. 호프만
일러스트 | 산나 아누카

펴낸이 | 김영곤
펴낸곳 | ㈜북이십일 아르테
오리진사업본부 본부장 | 신지원
책임편집 | 이은 **미디어믹스팀** | 곽선희
마케팅팀 | 이한나 황은혜 **영업팀** | 한충희 김수현 최명열
해외기획팀 | 박성아 장수연 이윤경 **제작팀** | 이영민 권경민

출판등록 | 2000년 5월 6일 제 406-2003-061호
주소 | (우 10881) 경기도 파주시 회동길 201(문발동)
대표전화 | 031-955-2100 **팩스** | 031-955-2151

(주)북이십일 경계를 허무는 콘텐츠 리더

아르테팝 채널에서 도서 정보와 다양한 영상자료, 이벤트를 만나세요!
북이십일과 함께하는 팟캐스트 '북팟21] 책 이게 뭐라고'
페이스북 | facebook.com/21artepop   블로그 | arte.kro.kr
인스타그램 | instagram.com/21_artepop   홈페이지 | arte.book21.com

ISBN 978-89-509-8455-7 (03840)